文
景

Horizon

日系 | Horizon

社科新知 文艺新潮

纸神

［日］大平一枝 著
［日］小林纪雄 摄影
杨玲 译

上海人民出版社

※本书是在《纸神》（大平一枝著，白杨社，2006年）的基础上进行新篇增补、文本修订而成。

不因鼠标一点而消失，也无法抹去重写，

缓慢到令人觉得愚蠢的通信工具。

这就是纸张，本书的主人公。

十年之前，

为了遇见他，我踏上了一段旅程。

十年之后，我与他再次相会。

这位纸神大人必定栖息于我们每个人心中。

不起眼的小纸片中，也住着纸神大人。

安静，而又恒久。

我们写了，撕了，又叠好了，

纸张，在我们心中，顽强地活着。

目　录

第三章　拜访纸神大人

代序

纸神大人牵起的十年

一个小小的奇迹

2005年夏，在为拙作《纸神》（白杨社，2006年）进行采访时，我第一次见到江藤公昭先生。我一直很关注中原慎一郎先生领导的Landscape Products公司，该公司的广告明信片具有极强的设计感。为此我向他们提出了采访申请，来接待我的就是当时负责设计的江藤先生。我们约在青山一处雅致的小楼中，那里曾经是建筑大师山田守的旧宅，现在一楼是茑咖啡馆。当时Landscape公司正在二楼举办展览，负责人江藤先生抽时间在会场（铺着榻榻米的日式房间）一隅接受了我的采访。采访的内容收录于本书第120页。

两年后，江藤先生开设了一家专营纸制品的店铺——“纸张实验室”（Papier Labo）。

大约在采访的一年后，江藤先生说起，“纸张实验室”的构想其实缘起于拙作《纸神》。“啊？您刚才说什么？”我当时瞪大眼睛，惊讶地反问道。

十一年过去了。我拜访了他的店铺，再一次问起此事。继2005

年的采访之后，江藤先生参与了活字复兴展，而后创建了纸张实验室，离开 Landscape Products 独立创业。这就是江藤先生这些年来由纸神大人指引的，既漫长又短暂，还有些不可思议的经历。而我在其间也稍有参与。尽管颇有自吹自擂之嫌，还请容许我说一说这段因纸张而结下的缘分。长文代序，请权且一读。

盛夏中的一天，难得那日有凉风入窗。午后的日式展览会场中，我隔着一张小小的桌子，采访了江藤先生。我们嗜好相似，都喜爱旧物胜于新品，喜爱古书和古书上有飞白的活字，采访结束后，我忍不住向江藤先生发出了邀请。

“我有个朋友家是开活字印刷工厂的，在世田谷的豪德寺附近。因为工厂要歇业了，我打算去采访。我朋友说厂里的备品和什物都要作为工业废弃物处理掉，处理之前，喜欢什么都可以拿走，活字、桌椅之类都可以。如果您乐意，一起去如何？”

“世田谷居然有活字印刷厂？好，我也想看看。”

“那个……如果想拿活字印刷机之类的，有辆车会比较方便。”

“没问题，我问朋友借一辆。”

于是，一个晴朗的工作日下午，江藤先生和他的一位朋友开车来到我家集合。同行的那位先生叫作吉田，在松浦弥太郎经营的书店“Cow Books”工作，也喜欢古书和活字印刷品。我们三个在我家的廊檐下坐了一阵子，喝着茶聊着天，话说个没完。两个年轻人说起 Landscape 的展览，聊起自己的梦想。

“展览通常在有明、晴海之类的大型会场举办，参观者蜂拥而至，热闹非凡。虽说人多是好事，可在那种展览会里，参展方和客人们都会极为疲惫，会场本身的热浪和人群产生的闷热让人眩晕，展会结束后只剩下疲劳。因此我们觉得那种展馆不适于介绍纸制品或手工艺品之类的作品、室内装饰品或是日用杂货。这一类展览，更适合在富有情趣的、手工装点的会场，布展也要更为精心周到。我和吉田正打算搞一个这样的会场。”

翌年，他们的想法以 FOR STOCKISTS EXHIBITION* 的形式开花结果了。在自由学园明日馆举办的这个展会，从第一届起就成了业界的热门话题，现在已经火爆到无法再接受新的参展商加入。每当我听到从各处传来的关于展会盛况的消息，就会思忖，“啊，那时候，那两个人说的就是这种展会啊。”那段对话在我的回忆里闪闪发光。

* FOR STOCKISTS EXHIBITION
约百家经营室内装饰品、时尚潮品、家用杂货等的公司共同举办的面向零售店的展示会。自 2006 年起每年举办一次。

回到刚才的话题。我催促两个不停谈论梦想的年轻人一起去了豪德寺的印刷厂。这是小镇上的一家旧工厂，一打开大门只见一台黝黑发亮的活字印刷机，还有占据了整整一面墙的活字收纳架。桌子上随意地扔着俗称为“便当盒”的小盒子，那是用来存放完成使命的废弃活字的。最后一位工匠师傅病倒后，工厂一直处于歇业状态，这些活字全都会被处理掉。“喜欢就尽管拿。”朋友的妈妈说这些话时，表情中透出一种卸下重担一身轻松的感觉。朋友是个漫画家，没有继承家业。他父亲早逝，母亲独自把两个孩子拉扯大。从母亲的这种表情中我们能十二分地感受到维持活字印刷工厂多么艰难。

江藤先生和吉田先生双目放光，像两个孩子般一头扎进了活字收纳架，开始挑拣自己喜欢的活字。

我决定拿一张木头桌子，据说原是用来摆放活字的，桌面上墨迹斑斑、伤痕累累，反而颇有味道。

我们三人各自挑选了喜欢的东西，离开了山下印刷厂。之后，江藤先生参与活字复兴展时发生了一段小插曲，我一年之后才听到那个故事。

不久之后，江藤先生的友人武井实子女士（SAB LETTERPRESS 主办者）向他发出了邀请：

“最近会在世田谷文化生活信息中心的‘生活工房’里举办为期一个月的‘活字复兴展’，我要去帮忙。你有兴趣的话，一起来布展如何？”

“要办这样的展览？好哇！”

莫非自己最近热衷的活字印刷又流行起来了？江藤先生愉快地想着，一口答应下来，以 Landscape 员工的身份参加了展会的准备工作。

接下来的几个月，江藤先生作为协助工作人员参加了活字印刷的学习，还跟团参观了活字印刷所。

“活字印刷这件事，真是了解得越多就越觉得有意思！它让人体验到胶印或是电脑打印无法带来的紧张与妙趣，一切都新鲜无比。”

复兴展上请来真正的活字印刷工匠师傅进行实际操作演示。据说机器是从世田谷区的工厂里搬过来的，展会的工作人员为此而发出叹息。

“听说一家叫山下印刷的工厂要关门了，所以在展会期间向他们借来机器和活字收纳架进行操作演示，但独独缺少了最漂亮的英文字体的活字。”

怎么听着这么耳熟？江藤先生想了半天，终于意识到自己之前到访的工厂，好像就叫山下印刷。

他询问了工作人员才知道，这个展览的策划是因为工作人员看了拙作《纸神》，知道山下印刷厂要关门才开始筹备的。

“拿走英文字体的是我和吉田君，我自首道，那些是我拿走的，我还回来。工作人员都惊讶地问，怎么会是江藤先生拿的？我和吉田君后来感叹说，这些活字终究还是要回到它们原来的地方去的。”

为期一个月的展览之后，江藤先生越发被活字吸引了。

他说：“我想制作活字印刷品，但是不知道可以去哪里拜托谁来做。在网络上除了嘉瑞工房以外搜不到任何信息，但嘉瑞只是一个专门研究活字印刷的地方。要是能有一家像商店一样拥有开放空间，让人使用活字进行印刷展示的场所就好了。”

于是，他向中原慎一郎先生提议开设一家有关活字印刷的商店。

中原先生用他一贯的口吻说道：

“那会不会很困难啊？不过试试也无妨。”

就这样，2007年，江藤先生与同样参与了活字复兴展的武井女士（前述）和高田唯先生（All Right Printing工作室创始人）三人一起，在东京千驮谷开设了“纸张实验室”，主营文具和以活字印刷品为主的原创纸制品。同时，“纸张实验室”也成了定制名片等活字印刷品的一个窗口。

“最初，我们半信半疑，担心没有客人上门。事实上反响远远超出了我们的预期。刚一开张就不断收到印制名片的订单。大多数客户是搞创作的人。然后，各类采访蜂拥而至。设计类杂志就不必说了，就连建筑类、时尚类的杂志都来采访我们，数量甚至超过了前者，让我们大吃一惊。也就是那个时候，我真正感受到被纸张和活字印刷吸引的人们，和那些讲究餐具或服装材质，乃至对生活品质极有追求的人群是有交集的。”

2010年，江藤先生离开了Landscape Products。现在他作为“纸张实验室”的店主，全面开展着和纸张有关的活动。

虽说我和江藤先生这十年间也不时见面，但要说正式的采访，这是十年以来的第一次，他当时吐露的心声深深留在我的心里：

“回顾这些年，我觉得若是纸张中真有神明，那一定是纸神大人在冥冥之中指引我前进，经营‘纸张实验室’就是我的命运。”

在商品的选择方面，有一条标准自开店之初就一直没有动摇过——

“我们选品的标准不是销量好坏。如果商品和店铺整体氛围不和谐，放在‘纸张实验室’的陈列架上会破坏相邻商品的平衡，无论多好的纸我们都不会选择。”

江藤先生还是公司职员的时候，时常出差去海外采购家具之类。有一次他闲逛时走进了一家小店。

“在纽约，我走进了一家古怪的小卡片店。那时我还不知道什么是活字印刷品，现在想想，那应该就是一家活字印刷品的店。我当时就在想：‘这是什么？这种手感，这种充满存在感的印刷品！’那家小店比家具更令我激动。那种激动的心情和小店的氛围，令我至今无法忘怀。”江藤先生并非单纯因为活字印刷有趣而开店。他是为了让更多人了解带有匠人手工质感的纸制品才创办了“纸张实验室”。在这家店里，人们还能看到很多活字印刷之外的有趣产品。

也许江藤先生自己尚未察觉，在那么久之前，他已和心中的纸神大人相遇了。江藤先生的人生因纸而改变。听了他的话，我下定决心再次去拜访那些存在于人们心中的纸神大人。

第一章　纸神大人与芸芸众生

柚木沙弥郎

染色工艺制作家

印度的木刻印刷 *

据说柚木先生自数十年前初行印度之后，就多次赴印。究竟是什么抓住了柚木先生的心?

“我第一次去时住在孟买，房间里只有一个光秃秃的灯泡亮着，下铺躺着一个陌生人。去加尔各答的时候，印象最深的是到处都是人，摩肩接踵，充满喧嚣与活力。不管走在哪里都会闻到各种各样的气味。香辛料的味道，甚至还有从恒河飘来的焚烧尸体的气味。而当时的日本早已解决街头的污浊脏臭问题，街上十分整洁。所以印度可说是与日本截然相反的世界。我在那里真切地感受到我们通常所说的‘市井生活情感’，它存在于那些和我们的日常完全不同的世界里。我为那种真实感所折服。”

这些感想是柚木先生和岩立广子女士（岩立民族纺织品博物馆［IWATATE FOLK TEXTILE MUSEUM］馆长、染织工艺研究·收藏家）一起寻访印度少数民族纺织品旅途中产生的。途中，柚木先生在孟买的货摊上，买了木刻印刷的书信套装。其实那只是裁剪了杂志的一部分，再手工印上了木刻印刷的纹样而已，但柚木先生被其质朴

◈ 柚木沙弥郎（Yunoki Samirou）
1922 年出生。东京大学文学部美学·美术史学科中途退学。1947 年师从芹泽銈介走上印染之路。小到和服大到挂毯，染色作品无所不包，同时也在绘本、版画、海报设计、彩绘玻璃、雕刻等诸多领域开展创作。1987 年至 1991 年间任女子美术大学校长。

* 木刻印刷
印度传统印刷技术之一。在木片上手工刻制几何图案等各种花纹之后，像盖章一般印制到纸张或布匹上去。其特征是印制出来的图案通常会带有手工作品所特有的，制作过程中留下的摩擦痕迹、污渍和重影。

的外表与坚韧的精神深深吸引。

“制作这些东西的人，恐怕一生都与书信无缘吧。从日出干到日落，晚上因用电不便而早早睡觉。日复一日周而复始地度过自己的一生。我想通过实际的手工制品，而非书本或影像去感受手工业者的生活片段，大概是我踏上旅途的初衷吧。”

柚木先生还买了很多木刻印刷的牛皮纸。其中多数制品鲜艳精美、光泽闪耀，是普通印度人无力购买、专供游客的奢侈品。

时至今日，拿起那些数十年前购买的纸张，印度菜肴的香气和人群的热气依然会浮现在他眼前。“我确实在那街头漫步过。”记忆中的一切仿佛就发生在昨天，“不知道为什么，我每次看到这个袋子就会情绪高涨。”柚木先生笑着说道。

一个信封几日元？那些便宜到已经让人想不起价格的木刻印刷信封，点燃了柚木先生以染色工艺为生的创造力之火。实在是小东西起了大作用啊。

巴黎的日常生活中所见的纸张

照片（23 页）中右侧的是巴黎面包房 PAUL 的法式长棍包装纸袋，左边是水果店的包装纸袋。除去这些，柚木先生还带回许多纸类旅途纪念品。纸巾、餐垫、咖啡糖包的包装袋、杯垫、广告单页、免费杂志。每次旅行回来，他都会把这些纸制品一张一张分别装进大的文件夹里收藏。

“那些东西确实可爱，但让我想要收藏的首要原因是它们贴近生活，‘生活用具’无非就是这些随手会用到的小物。”

在旅途中，柚木先生还经常逛二手工具店。他说可以借此感受到那些工具的原主人的生活方式。“当你想象着那些主人的样子，会觉得人类还是可爱的，不是吗？”

柚木先生 94 岁了。我总是为他那柔软的感性与丰富的想象力所折服。现在，他能自然地接受想从巴黎特地带面包店的包装纸袋回来的冲动了，但过去并不能做到这一点。

“我经历过战争，那个年代说自己喜欢这类东西，会被别人说懦弱得像个女人。因为那个年代的人认为男人就该像个战士一样勇猛。

战争结束后心理上真是轻松了很多。人们变得更加尊重个性，容许大家按照个体本来的意愿独立生活了。”

将印染工艺作为生计也一定是如此。我和河井宽次郎*、柳宗悦**等人交流过，纺织品不同于陶瓷器或木器，不容易为人们所理解，作为男性立志走上这条道路，难免会受到歧视吧。

柚木先生不喜欢抱怨或批判现状，也绝不会大声疾呼什么。面对这位年轻时经历了各种独特旅程的人生前辈，我在采访中请他谈了谈如何度过一段有意义的旅程。

“跟着旅行团吵吵闹闹地去是绝对不行的。旅行要独自上路才好。跟那些从早到晚发短信的家伙一起去，所谓的旅行只是换了一个地方待着，实际上和在东京没有什么区别。而且现在大家都用手机拍照。对我来说，只有把旅途的回忆带回来贴到纪念册上，旅途才算结束。这种事情,现在谁都不会干了吧。不过我这样的纪念册也是越来越多，最近真是多到有点无处安放了。”

说是这么说，柚木先生的脸上可一点都没有走投无路的样子，这实在非常有趣。现在新宿也开了 PAUL 面包店，但是这并没有影响。在巴黎圣日耳曼德佩区买新鲜面包那天的记忆，只封存在那个纸袋子里。

* 河井宽次郎（Kawai Kanjirō）
陶艺家。与柳宗悦、滨田庄司等人同为“民艺运动”的领导人。为后世留下了雕刻、设计、书法、随笔等多彩多姿的作品。

** 柳宗悦（Yanagi Muneyoshi）
思想家、宗教哲学家、“民艺”主要倡导人。取“民众的工艺”之意，创造了“民艺”这个词语。与富本宪吉、滨田庄司、河井宽次郎等人共同发起了“民艺运动”，并开设了日本民艺馆。

PAUL
MAISON DE QUALITÉ
FONDÉE EN 1889

菊地敦己

美术指导

米娜* 的标志

米娜这个品牌，虽然不举行走秀形式的时装展，但是每个季度都会制作用于宣传产品理念的邀请卡和海报。也就是说，他们选择将织物的商品概念放在纸上来表现。菊地敦己先生担任他们的美术指导。

米娜的邀请卡、商品目录、礼品杯垫等，无不细腻精美、充满个性，且讲求设计感。比如邀请卡的首页上印着蝴蝶，这个蝴蝶的某些部分被裁开，从缝隙中可以窥见卡片内部或浅粉或嫩黄的衬纸。又比如打开信封，信封的内侧印着色彩鲜艳的纺织品纹样，令人惊叹。不难想象，拿到这些物件的人一定舍不得丢弃它们。

“米娜的广告明信片和海报，都是以‘礼品’为概念设计制作的。这不是为了向更多的客户进行品牌推广，而是重点考虑如何令现有的客户更加满意。”

菊地先生有一个长期的展望：

“品牌形象的建立，至少也要花上三到五年。应当让客户收到卡片时像得到礼品般高兴，卡片必须具有一定的实用性。一百张这样

◈ 菊地敦己（Kikuchi Atsuki）
1974 年生。美术指导、艺术制作。2000 年创立“蓝标”（Blue Mark）设计工作室，2011 年工作室解散，成立菊地敦己事务所（股份公司）。迄今为止参与了“米娜”“国标”等时装品牌的平面设计，担任过丸龟市猪熊弦一郎现代美术馆的策展美术指导等。

* 米娜（Minä Perhonen）
由皆川明（Minagawa Akira）设计创立的时装品牌。

的卡片，每一张都用心制作然后送到对方手上，收到的人一定会爱上这个品牌。米娜就是这样的品牌。这个理念如果能传递到一百个人的心中，虽说增长速度不会很快，但喜爱这个品牌的人一定会稳步增长的。”

大家觉得本章开头的那个服装吊牌（24页）怎么样？厚实的纸张中央，蝴蝶的翅膀部分被裁剪开，看上去仿佛一只白色的蝴蝶停在那里。一张纸片宛如一个立体的实物。再点缀上香草白的蕾丝，这样的吊牌会有人不喜欢吗？

“我认为一件礼物首先要有良好的手感，这样才会让收到的人感到欣喜。”

所以要用这样的纸，这样的蕾丝。

菊地先生参与设计的不仅有时装品牌，他还担任了青森县立美术馆的VI视觉设计师、丸龟市猪熊弦一郎现代美术馆的策展美术指导，进行美术书籍的策划出版等。VI指的是将企业形象或理念用统一设计的品牌标志或象征图案进行诠释的工作。可以说，是构筑企业文化的一部分，也是力求让理念变成一种体系的工作。

从米娜轻盈的设计中，我看到了菊地先生仿佛在用纸张闲聊的那种自由自在的表现力。当然，在他的脑海中必然有更为缜密、更富有战略性的想法，时刻直面品牌推广的核心理念。采用纸这样的表现形式，可以让人陶醉在自由的美感中，犹如获得一种新的语言，同时让米娜的理念逐步向对方渗透。我不知道这样说是否妥当，我觉得，菊地先生的工作绝不容小觑。也正因如此，人们才会关注并且期待他的新作品诞生。

留在纸上的匠人痕迹

菊地敦己先生的作品总有一种立体而富纵深感的，不可思议的魅力。明明只是一张海报，却可让人看到那一头若隐若现的影子；明明使用了多重墨彩，却丝毫不显厚重，反而让人有一种轻盈之感。他还会在同一张海报上叠加不同风格的插画。在纸张这二维的海洋上，展开一个宛如雕刻般的三维立体世界。

右页图片是服装品牌“国标”*的海报。将没有覆膜的上等纸张用蜡浸透，形成手感较硬的纸张。之后涂上白底，再重叠印制品牌标志、树叶花纹、几何线条等。印制时还故意创造出色彩错位的不协调感，使得看上去透明的画面上出现立体的阴影，虽然是平面作品但看起来却是立体的。

因为大楼里的商铺窗户很少，所以菊地先生说他想创作一幅真实风景一般的海报，能令人感受到明亮的光线。在墙上贴上这样一幅海报，会让整个商铺变得明丽起来。

即便长时间注视着海报，那种仅通过电脑画面设计无法获得的三次元空间感也仍然存在。直到我听说菊地先生在大学学过雕塑，才终于理解了个中缘由。

“我总是会制作几个不同颜色的版本。黄色版、蓝色版，以便在校正颜色的时候，彻底检查到底哪些是墨彩性质的影响造成的，哪些是受纸张的影响。”

在黄色墨彩中加入糊状铅白粉会有什么效果？为了检验效果，菊地先生会对调和比例以及使用的墨彩量进行微调，然后将调好的数十种仅有细微不同的颜色做成贴片，贴在笔记本上对比。在制作

* 国标（National Standard）
1994 年由设计师 Keiji Wakabayashi 创办的
服装品牌（2006 年歇业）。

nationa

另一个品牌的海报的过程中，菊地先生又通过改变着色顺序来确认阴影的效果。菊地先生的八九成作品都使用了这种特别调制的“菊地色”。

“我通常在兵库县的一家印刷所印制作品。有时为了确认颜色，我会特地坐新干线再换巴士，亲自去看。”

菊地先生是站在数码科技最前沿的人，但听他说话像是在聆听某个活字印刷匠人的话语，与其说他面对的是纸张这个平面，倒不如说他正在印刷领域和立体造型进行格斗。

菊地先生说:“我喜欢那些能够让人看到技术或痕迹的东西。活字印刷的照片虽然有些粗糙,但不是肮脏杂乱的。我很珍视这种感觉，其实用数码技术来再现传统印刷的质感，是可以实现的。”

要在作品中留下手工的痕迹，无论使用何种工具，无论时代如何变迁，也许，都是可以实现的。

牧野伊三夫

画家

马莲*·达利画材店·初出茅庐的画家

牧野先生从美术大学毕业后曾就职于SUN–AD。众所周知这是一家由三得利出资设立的历史悠久的广告制作公司。开高健、山口瞳曾是该公司的广告文案作者，继这二人之后，该公司还培养出了仲畑贵志、西村佳也、野田凪等优秀的广告人才，葛西薰是该公司的现任顾问。

牧野先生曾作为新晋设计师在这家公司从事商品广告制作工作，26岁时，他为了专注于绘画事业而辞职了。

如今牧野先生因为《生活手账》的封面画（2002—2003）、《海鸥食堂》（群阳子著）、《等待公车》（石田千著）的插画，以及众多装帧及广告作品而为人所知，但他在刚辞职到三十而立的那段日子，一直处在迷茫、逡巡与纠结中。

“我是下定决心要成为画家了，但是该怎么做，当时完全没有头绪。如何给画定价，如何开个人画展，开幕派对是个什么东西？我都不知道。我大学的专业是设计，所以我连油画笔的好坏都不知道如何区分。”

◈ 牧野伊三夫（Makino Isao）
1964年生于北九州市。多摩美术大学毕业后，就职于广告制作公司SUN–AD，后辞职成为专业画家，亦有大量插画和装帧作品。美术同人杂志《四月与十月》的创刊人。北九州市信息杂志《云之上》、飞驒产业宣传杂志《飞驒》的编辑委员。著有《我要吞噬太阳》（港之人）。

* 马莲
版画制作过程中用来磨压的工具。
——编注

即使在那样走投无路的时期，牧野先生也日复一日地坚持着绘画。他有的是时间，一旦没有头绪了，他就在自家所在的东京武藏小金井附近散步。达利画材店就在他散步的路线上。

“那是一个 16 平方米左右的小店。从店外望去,没有客人的时候，店主总是在收银台旁边的桌子上，用马莲往商店的包装纸上刷店标。我曾有一段时期对版画很有兴趣。唉，连包装纸都是自己亲手做吗?我饶有兴趣地看着他一次一下非常轻巧地按着马莲，觉得那个马莲用起来很舒服的样子，就问店家多少钱，他居然告诉我要 12 万日元。我本来觉得也就 500 日元左右，吓得我腿一软。简直是开玩笑。”

店主告诉牧野先生正宗的马莲应该是什么样子的。店主名叫矶勉，曾是个画家，现在在自己家开工作室，用竹箨、漆以及和纸，按照江户时代的制法手工制作马莲。关于马莲的详细制法这里不及细说，其中有道工序需要将数十张和纸涂上柿漆，再自然晾干，重叠黏合到一起，完成一个马莲要花费的时间漫长到让人听着都晕。后来牧野先生下决心买了一个，二十多年来一直在用。

“我从矶先生那里学到了很多画家的心得，马莲算是一个，还有颜料稀释剂的配方，油膏、颜料等工具的重要性，甚至画展时画家应有的言谈举止。矾先生对我说，在个人画展上，画家绝不能像老师一样摆架子。画家既是主人也是推销员，如果画能卖出去，应当以头触地表示感谢才行。因为能够卖掉一幅画就是那么难的事情。但是绝不能因此就只画‘好卖的画’。画家应该只拿出自己满意的画陈列，然后卖出去的时候从心底表示感谢。”

“矾先生还告诉我，在欧美，画家在开个人画展之前会邀请一些人召开开幕派对,他还教我一个画家在画展上应有的做派和礼节。‘画家文化在日本还没有扎根呢。’这是矾先生的口头禅。”

“在遇到矾先生之前，我一直认为个人画展是一种成果展示。”

“我从矾先生那里学到，个展是请观众购买作品才办的。但画作不是普通商品也没有实用性，买画的人是充满了犹豫与迷茫的。没有人能充满自信地买画，通常来说没有观众能轻易说出‘请给我这一幅’之类的话。正因如此，绝对不能做推销。一开始也不能邀请那些只会批评而不买的朋友。矾先生的话真是极为辛辣。”

立志靠一支画笔活下去的牧野先生，生活状况急转直下，从一个工资稳定的工薪族落到一个月能赚 3 万日元就不错了。比起生活的窘迫，更令他痛苦的是不知道自己的目标在哪里，应当画什么样的画，每一天他都犹如置身一条漫长的隧道中。

“刚刚进大学的时候，就在课上听到‘绘画已死’的话，我非常震惊。照那样说，我接下来要做的事情岂不像是在参加坟场的运动会吗？日本美术界总是盯着欧美，搞现代美术的人一味追随着欧美的潮流。日本的特性到底去哪里了呢？我陷入苦恼之中。在我的内心，绘画是极为重要的，但是究竟应当怎么画，画什么？我虽然自称画家，但现实中的我是一个什么都画不出来的人。二十多岁时的我，真可以说是自我毁灭了。有好多次我恍恍惚惚地踏入达利的店铺。只要一接触到他家的画材，我就会平静下来。”

“矶先生会问我怎么了，我每次都回答他没什么，他却看穿了一切。”牧野先生这样叙述着他的感想。

“矶先生说，即便画家搞不清自己画上画的是什么东西，看到画的人也会感受到的。”

“不要去想多余的事情。忠于自己内心去作画,才是画家的工作。”矶先生的这句话像一记直球击中了牧野先生的心。

眼前的牧野先生总带着一种让人沐浴在舒爽风中一般的超然笑容，谁能想到他年轻时代曾有那样的苦闷。那令人隐隐心痛的故事将我感染了。该画什么、怎么画，有想画的题材却不知道如何发表。二三十岁时仿佛置身看不见尽头的隧道中，那种不成熟的感受我多少能理解一点，但真没想到这小小的包装纸里居然有这么多故事……

达利画材店已经不复存在了。七八年前，牧野先生收到店铺关门的消息后，特地去明信片的寄出地——矶先生在稻城市的家中拜访。矶先生开了一个制陶的窑。

我想起那家古怪的，几乎没有客人靠近的画材店。牧野先生的老师曾在那里工作。他的谆谆教诲至今在牧野先生的心中散发着耀眼的光芒。

牧野先生遵从老师的教诲，在画展上扮演好主人的角色。有一段时期，在每年例行的个人画展上，他会亲自为客人端菜送酒直到画廊关门。最近因为周围住户有怨言，他稍稍收敛了一点，但他的画展是那么与众不同又令人愉快，这一点是不变的。

达利画材店的手工包装纸一点折痕都没有，像重要的画作一样被收藏在画室的深处。想必牧野先生每次取出来的时候，都会想起他与心灵导师邂逅时，后者用马莲轻巧地刷着包装纸的一瞬吧。为了制作这本书，我本想向牧野先生借马莲来拍摄，但牧野先生用一句“抱歉”拒绝了，我也立刻就放弃了。马莲本身价值较高是原因之一，但我觉得更重要的原因是，那个马莲应该只有矾先生和牧野先生才有资格去触碰吧。

脱离意识的素材

打开硬实的黑色巧克力盒子，里面是整整一盒的……“牧野先生……”我真是有些无语了。

“对，这是开信封时裁剪下来的纸边。”

牧野先生的语气平淡得就像大家都在收集这东西一样。据说这些东西他已经攒了好多年了，是作为艺术创作的材料保存的。

事情的起因是现代美术家福田尚代*女士的装置艺术作品。

“我一直喜欢福田女士的作品，在采访的时候也见过她，所以听说她办个展我就去看了。看到画廊里摆着许多用小了的旧橡皮，我震惊了。那绝不是对舶来品的东施效颦，而是她经过思考之后创作

* 福田尚代（Fukuda Naoyo）
生于 1967 年。日本具代表性的现代美术作家。曾发表过用书或用过的旧橡皮创作的艺术作品、在口袋书上加刺绣的作品，以及回文诗文集等。

牧野 伊三夫様
福岡市中央区赤坂 1－16－5
読売新聞西部本社

的艺术作品。我当时就觉得她是真正的艺术家。由此，长期困扰我的那种郁闷迷茫一下子就消失得无影无踪了。真是太酷了！”

牧野先生有一个小学时就开始交往的画家朋友。他带牧野先生参观了自己工作室。他把DM（商品广告快讯）或广告纸卷在木板上做的作品，给牧野先生的心灵带来了震撼，他觉得像那样出色的作品自己是绝对做不出来的。

还有一个人值得一提，那是牧野先生读多摩美术大学时的恩师——木村希八老师。在牧野先生请教恩师画画的心得时，老师这样回答道：

“创作时不可以花钱。”

那位版画家老师曾用散步时收集的掉在地上的东西进行创作。

“我从老师那里学到，要从身边常见的事物中发现它们作为作品素材的灵魂。”

福田女士、卷广告纸的朋友、木村老师——在牧野先生的头脑中，这三个人一定位于一线，有某种联系。

面对艺术时的有意识与无意识、个体与外界、原创与改编。好酒又开朗的牧野先生，内心深处似乎一直在与什么斗争着。那孤独的战斗装满了眼前这个盛着信封纸边的盒子，从中似乎可以窥见画家创作时是如何努力抗争着想要脱离自我意识的。

牧野先生在为地方报纸登载的随笔画插画，报社会把有插画的报纸寄来。邮寄用的信封写有姓名的那一部分被收集在一起用绳子捆着。我不会去问他，那些东西他要怎么用，用来创作什么。从有意识状态脱离出来的牧野先生，一定能创作出只有他才能呈现的美丽作品。

横沟健志

武藏野美术大学名誉教授

蜉蝣印刷品收集狂

“再怎么努力也想不起来了。”

横沟先生发来的邮件中这样写道。他收集了将近600张卫生纸的外包装纸。我问他是何时开始收集的，以上就是他的回答。

亲戚朋友知道他有这个古怪的爱好也会给他寄包装纸去。横沟先生把它们简称为“厕纸包”，我也就这么叫吧。据说在他的藏品里，最早的一张是1985年的。那些包装纸上有向日葵、熊、小鹿斑比、乌龟、山川河流、蝴蝶结、不明几何图案……商品品牌名也清晰地印在上面：心动、莱卡、丝毛狗、真心……几乎都是无法了解设计与命名意义的品牌名。

“你不觉得这种图案的幼稚与单纯，有着无法言喻的动人之处吗？反正卫生纸也不是靠外包装设计或者名字赢得好销量的，所以包装上散发出一种‘随便怎样都可以’的松懈感，这一点非常吸引我。”

横沟先生是这样推测这些不可思议的设计的诞生背景的：可能包装上什么图案都没有的话实在不成样子，于是接了订单的印刷社免费提供了设计服务，说不定那些图案就是社长自己画的。

◈ 横沟健志（Yokomizo Takeshi）
1938年生。武藏野美术大学名誉教授。经营着一家活字印刷工作室，制作单页印刷品、诗集等。多次举办“沟活版展”等个展。著作有《记忆中的牛奶盒》（BNN新社）等。

确实，那些图案怎么看都不像是特地花钱请插画师或者设计师画的，一点气势都没有。

“看着这些‘厕纸包’，会莫名地感到平静。这种设计体系和摩登艺术设计有着显著的区别，这种审美意识让我觉得放松。”

火花、牛奶瓶盖、书签、广告纸、厕纸包之类的，制作时就不曾考虑过有人会长期保存的一次性印刷品，我们叫作“蜉蝣印刷品”。“蜉蝣”代表着“悲惨”“短命”。它们也可以叫“单页印刷”，这是很早以前就有的印刷行业名词。我第一次从横沟先生这里听到这个说法，觉得他就是一个真正的蜉蝣印刷品收藏家。蜉蝣印刷品的收藏家在海外有不少，在日本，也早在江户时代就有了。不过，他们过去好像被露骨地讽刺为“收破烂的”。

“包装纸总是被粗暴地扯下来扔掉，不会有消费者留意它们，这正是蜉蝣印刷品的特征。”

横沟先生在上世纪 80 年代担任大学的驻外研究员时，曾在欧洲住过一段时间，那时他开始收集海外的卫生纸包装。每个国家的“厕纸包”给人的感觉都不同，对蜉蝣印刷品收藏家横沟先生来说，这极为令人心动。横沟先生对蜉蝣印刷品无尽的爱，也能从他下面的话里体现出来。

“卫生纸是纸张最后的姿态，它无法再回收再利用，因此更显得可怜可爱。”

虽然我无法理解蜉蝣印刷品收藏家的心境，但卫生纸让人类的屁股变得干干净净，完成纸的最后使命的伤感与悲惨，这一点我非常能理解。卫生纸包装纸是极薄的，摩擦的时候哗啦作响，听来也很悲惨。我突然领悟到，横沟先生就是被这种凄惨之美吸引了吧，在记忆不清的过去就开始被吸引了。

濒危纸种

被凄惨之美吸引的蜉蝣印刷品收集狂的故事第二集，要讲讲海外的袋泡茶包装袋和日本的火花。横沟先生每年都会去西欧、土耳其、东欧、中东、中国等地旅行，酒店提供的袋泡茶包装他自然不会放过，他还特地去当地的超市或集市上购买。其中有很多是国际流通的品牌，所以横沟先生说："设计上是很费了一番心思的。"他收集的茶包已经超过了 1800 种。

横沟先生收集的火花以日本产的为主，因为从明治末年到大正初期（约 1912 年到 1913 年），日本是世界上屈指可数的火柴制造国，与瑞典、美国并称世界三大生产国。真是令人震惊。在那个年代收藏火花已经是一个流行的爱好了，当时的火花如今在旧书店有售，横沟先生多会从书店购买。

日本的火花设计精美，图案千差万别。特别是明治时期的火花，木版印刷，别有一番韵味。最初有很多汲取了浮世绘风格的设计，印刷也极为细腻，可以作为艺术品赏玩。这些火花是销往海外的商品，所以特别讲究细节设计，凸显了日本人特有的对手工制品绝不凑合

SAFETY MATCH
BLACK RABBIT BRAND
CHIN SOON HIN, BUTTERWORTH
SAFETY MATCH
MADE IN JAPAN
頂上火柴
TRADE MARK
NISSHINSHA. MADE IN JAPAN
SAFETY MATCHES
THE KOEI LIM, SEMARANG.
protection from fire
Best matches
MANUFACTURED BY
IMPREGNATED SAFETY MATCH
BLACK CAT BRAND
THE DAIWA MATCH CO.LTD.
SAFETY MATCHES

的态度。

顺便说一句，火花图案设计专利注册数量已达6000件以上，横沟先生居然有注册图案目录。据说也是从古书店买的。

“现在有火花在设计上使用实物照片，这非常无趣。绝对是绘画图案有意思。每个地区常见的火柴品牌都不同，所以我每次到外地会首先去超市买火柴。啊？你问超市真的有火柴卖吗？当然有！在卖香烛火柴的佛龛柜台一定有的。”

嗯，有道理，确实如此。

话说回来，对横沟先生来说，火花最大的魅力是图案的传统性。

“就生活小道具的设计来说，火柴设计是极为传统的。从明治、大正时代开始就没有变化，当时的品位传承至今。有些药品包装也是这种情况。像这样设计一直保持不变的生活用品如今已经极为稀有了。”

横沟先生说得两眼放光。他经常买这些东西作为礼物送人。

“茶包也好火柴也好，每一件都充满了旅途的回忆。一说起旅行纪念品，人们总会想到一些气派高档的东西，但纸是可以一直保存的，从一张纸开始按图索骥寻找当时的记忆是非常快乐的事。最近很多茶包改成塑料包装了，不由得令人有些失落。佛龛也渐渐不用火柴改用打火机了不是吗？”

刚刚介绍的厕纸包，最近大多是 12 卷一包用塑料袋进行包装了，纸质的厕纸包渐渐销声匿迹了。

横沟先生收集的都是“濒危物种”，因此越发让人觉得可怜又可爱。我从没在意过茶包的包装袋纸质如何，但横沟先生寄情于生活中的小物件，珍藏它们并重新发现其魅力的做法，让我觉得极为美好。

平野甲贺

装帧艺术家

历经时间与光照的纸的魅力

我具体是在什么书上看到那字体的，现在已经不记得了。只记得当时非常震惊居然有设计师自己设计字体。这个设计师就是当时已经被称为“巨匠”的平野甲贺先生。我对设计不太敏感，远远落后于社会潮流，但仍被他设计的字体击中了。他的字体像一记重拳，看上去很有攻击性，但不知为何又有一种大智若愚的滑稽感，看一眼就令人无法忘怀。每次在书店看到平野先生设计的字都会感叹日本的文字真是太有意思了。

我向平野先生提出了一个估计他已经被问过上百次的问题：您喜欢什么样的纸？

“东京奥林匹克运动会之前的草纸和过去漫画杂志用的纸张。”

他不假思索地立即回答道。草纸，干干巴巴还混杂着杂质，凝神细看才能看清上面的文字，以前日本每家每户的茅厕（总觉得叫“卫生间”有点不相称）都有的那种四方形的草纸。平野先生说他喜欢那种纸，喜欢它那种看上去一扯就要破，让人摇头的感觉。

即便是用于装帧或是戏剧的宣传页和海报，平野先生也不喜欢

◈ 平野甲贺（Hirano Kouga）
1938 年生。在旧武藏野美术学校就学期间曾荣获“日宣美”（日本宣传美术协会）特选奖。毕业后就职于高岛屋宣传部，然后独立创业。为植草甚一等人的一系列晶文社的图书做装帧设计，开创了一个时代。其设计活动涉及多个领域，如“黑帐篷”剧团的海报和舞台美术等。他设计的字体以“KOUGA GROTESQUE”命名，制成光盘在市面上销售。

左页图片
1968 年 8 月的《少年 MAGAZINE》。平野先生说他喜欢这个时期的漫画杂志所使用的纸。
© 高森朝雄 · Tetsuya Chiba / 讲谈社

那种光滑的覆膜纸。

说起平野先生，我会立刻想到凯撒纸（OK Muse Kaiser）。平野先生使用这种纸张设计制作的《本乡》(木下顺二著,岩波书店)的书套，获得了讲谈社的书籍设计奖。32 开、精装、活字印刷，这在当时是极为奢侈的制作了。他当时使用的凯撒纸，是凯撒纸品中被称为“髭入”的一种看似掺入了木屑尘埃的极具个性的纸张。说起那次设计，平野先生像在说服自己一般，平静地否定了那个设计。

“为了让书本看上去陈旧而使用那种纸是不对的。当时凯撒纸刚刚开始销售，我立刻就被吸引了。我现在在反省自己当时的做法。现在我使用类似 1970 年代《少年 JUMP》所用的纸张。不过现在是覆膜纸便宜而再生纸贵的奇怪时代。就纸而言，我喜欢那种‘会成长的纸’，现在很难找到啊。”

纸张这种东西，迟早会因为时间与光照变得破破烂烂的。正因为它是会变化甚至会消失不见的东西，所以没有所谓的“完成品”。我觉得平野先生的选纸给了我们这样的暗示，只要拿起《水牛通信》* 就能立刻理解这一点。

《水牛通信》是自 1978 年起连续九年发行的月刊，由平野先生

*《水牛通信》
水牛通信编委会著（LIBROPORT）。1978 年至 1987 年，每月 10 日发行，每期 32 页 200 日元，连续发行了 100 期。从登载的海报及报道可以了解到当时编辑们还成立了“水牛乐团”，举办音乐会，并与建筑家石山修武等人尝试了“自由广播局实验广播”等活动。

和朋友津野海太郎、高桥悠治、柳生弦一郎、镰田慧等人一起制作。最初是报纸形式。尽管印刷方式从誊写印刷变成了电子文档编辑打印，但整体制作一直坚持质朴的单彩风格。停刊后，众人将历年作品摘录出来合订成一册，由平野先生负责装帧设计，内文便使用了再生纸。

我朋友在旧书店买到了这本书。我借来看时，书的四边已经开始泛黄，封面也开始褪色，但完全不会给人以陈旧寒酸的感觉。倒不如说，它令人更加强烈地感受到几个好伙伴热热闹闹地编辑杂志时，那种犹如做同人志一般自由快乐的气氛。

坂本龙一的"唠叨"日记、田川律的服装变迁图解，我读着上世纪七八十年代的创作者那充满幽默感的率真"唠叨"，想象着当时的氛围，高兴得一晚上没睡，把整本书从头到尾读了个遍。我忽然觉得，说不定这本书现在的样子才算是"完成品"。

书中各处夹杂着粉色与黄绿色的彩纸，页眉、页脚充分留白，显然设计时已经考虑到不让纸张褪色对文字产生影响。封面也是如此。四周的边角已开始褪色，但中央的插画上红色的墨彩不会受到影响。乍一看仿佛是偷工减料，实际上完全是精心计算好的设计。十五年后的今天它是这样有韵味，将来哪怕继续褪色，也绝不会显得肮脏不堪的。

平野先生在设计的时候，大概已经想到了这种纸要背负和积淀的东西，他当时已经透过纸张看到了未来的时间吧。

“三八”

报纸头版下方的书籍广告被称为“三八”，因报纸的下方三栏被等分为八个部分而得名。平野先生告诉我，这些广告几乎相当于出版社的脸面，所以过去都是由主编或者出版社社长亲自设计排版或誊写的。

“我从小就喜欢看这些广告。岩波书店的广告格调总是非常高雅，我以前很喜欢的。”

“三八”有很多限制条件。字体必须用“Mincho”或是“Gothic”，不可以有插图或粗线条的设计。因为报纸的头版是报社的脸面，禁止使用过于醒目的广告。在这样束手束脚的限制下，如何制作出美丽而惹眼的广告，就要各个出版社各显神通了。

“限制条件多多的‘三八’里集合了所有设计的基础。其实比起这些听起来有点小复杂的内容，我更喜欢报纸的纸张本身。揉成一团还能扔别人玩呢。”

蓄着白色胡须、圆脸的平野先生咧嘴笑着说。

我似乎有点明白平野先生的“KOUGA GROTESQUE”字体为何适用于报纸那样粗涩的纸张更甚于覆膜纸了。

嶋浩一郎

创意总监·编辑

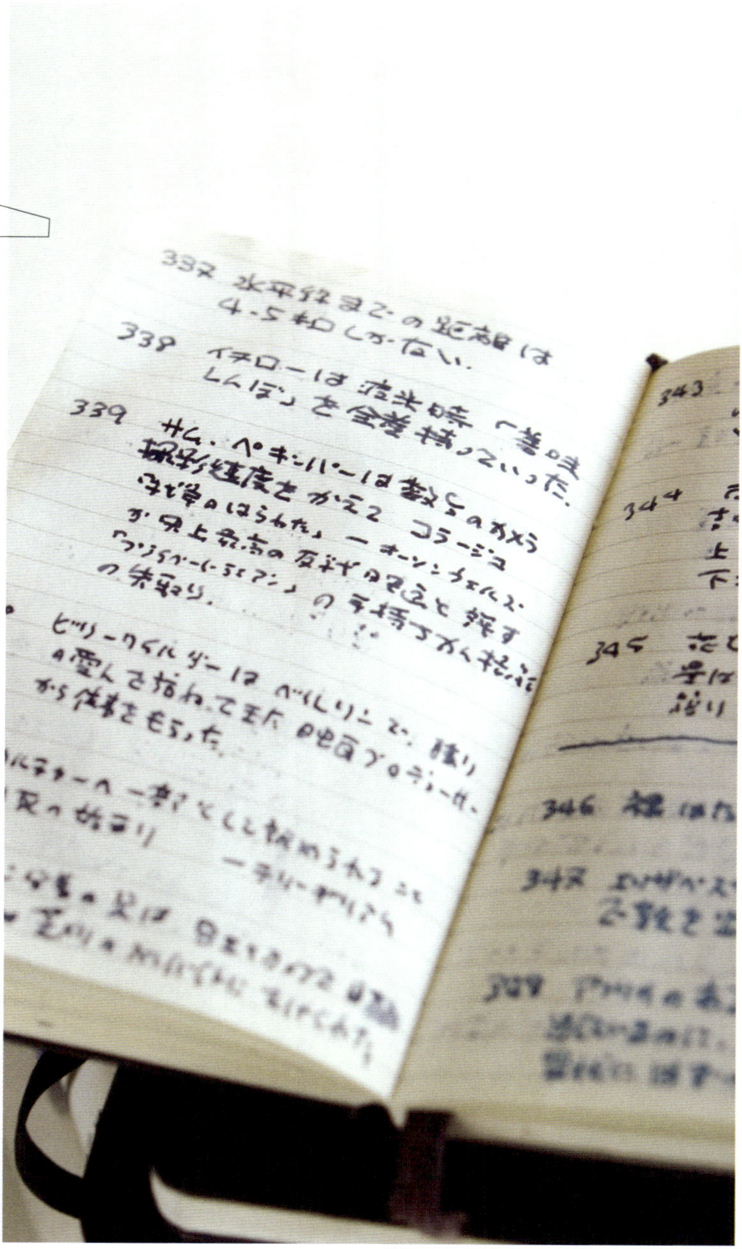

“醒”一个月的记事本

他绝对是个记事本狂魔，说得简单粗暴一点，就是个信息宅，是个和信息睡在一起的人。

看着他密密麻麻贴满小标签的书，和细致地用钢笔写满空格的 Moleskine 记事本，我有了上述的感觉。我的描述一定会让他批评我陈腐，但是看着他与记事本这样“亲密”地相处，我只能如此描述。

“我读书的时候，只要发现有趣的符合意见、分析、冷知识这三者其一的内容，就会贴上标签。然后像醒面一样放在一边让它‘醒’一个月。一个月之后再看当时为什么要在那个位置贴标签。如果有不明白的关键词，就用电脑查找。然后在记事本上按照顺序编号记录要点。记录的时候不写日期与出处，也不按照形式体裁分类。这个习惯我已经坚持七八年了。我非常中意 Moleskine 的记事本，即使用钢笔写也不会透到反面去，很好用的。”

挨着养老孟司 * 关于脑死亡的意见摘要的，是宇航员的评语，还有泳装女明星的花边新闻、SP 食品公司的名称由来、第二次世界大战和大众汽车的轶事、持统天皇逸闻。种类无界限，仿佛一个混沌

◈ 嶋浩一郎（Shima Kouichirou）
博报堂 KETTLE 的首席执行官。2002 年起担任杂志《广告》的主编。设立并参与运营“书店大奖”。著作有《CHILDLENS》（LITTLE MORE）。

* 养老孟司
解剖学家，东京大学医学部名誉教授。
——编注

的世界。

“混沌才好呢。”嶋先生超然地说道。

“记事本上完全没关系的今年第3号信息和五年前的第81号信息，会产生化学反应，让我得出一条结论。这种事情是常有的。混沌会催生新的想法。”

嶋先生觉得一旦分门别类整理，在那个瞬间，信息就死去了。分类相当于给信息贴上一个标签，对嶋先生来说，一条信息不应该只有一个标签，其标签应该是无限的。

对自己的这个行为，他说：“我是在记事本这个大草原上放养信息。”

他会往记事本上摘抄“醒”了一个月的信息。这件事他总是在家里做，每次大概两个小时。电子记事本也好，手机也好，博客也好，这些都远远不及纸质的记事本。因为亲手书写这个行为可以直接带来思考。

我的采访就是在他家里进行的，极目望去到处堆满了书、杂志和写真集。他苦恼地说：“都舍不得扔掉啊！”

“只要是印刷品我都喜欢。手写的文字也喜欢。总而言之，就是喜欢纸张吧。所有别人写给我的信我都保存着。DM、电影试映邀请函，连发票我都留着。”

他是松弛、自由地在大草原上放养着信息的男人。嶋先生真是一个无比热爱纸张和文字的人。唉，我还是只能想到这些陈腐的形容词，真是郁闷。

枡野俊明

禅僧·庭园设计师

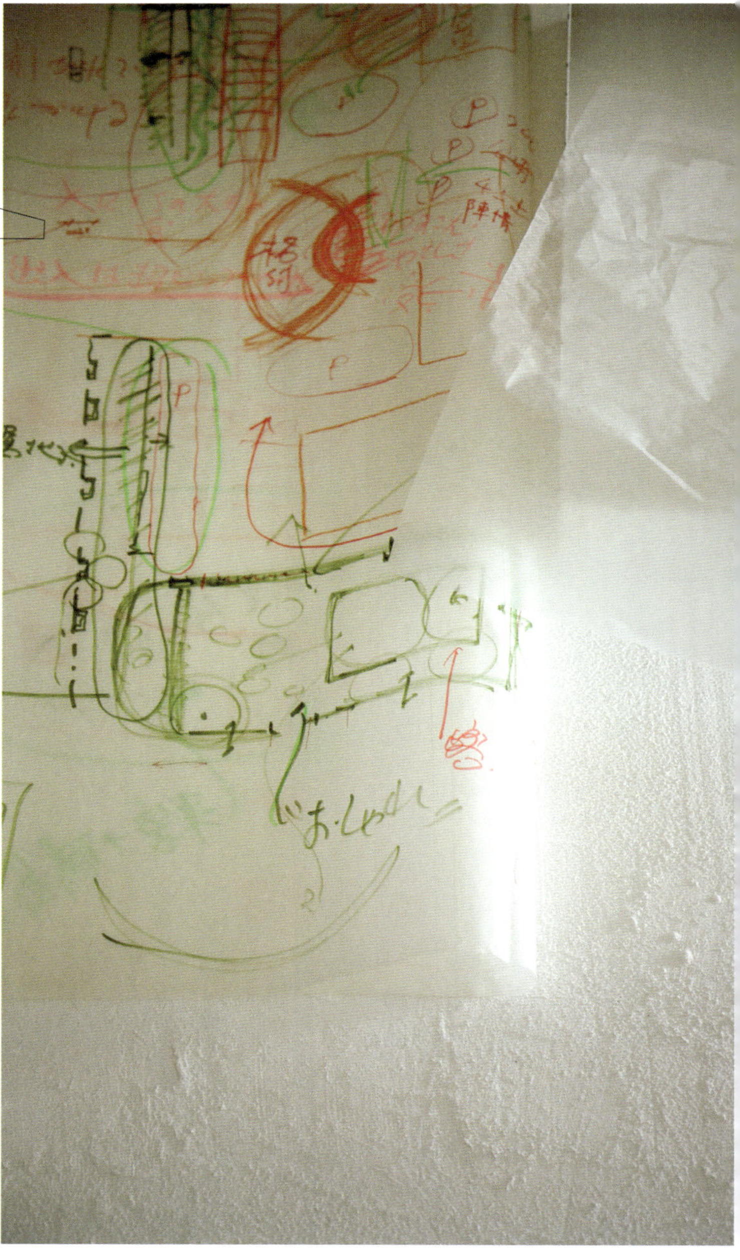

越线的自由

禅僧梦窗国师*，据说是日本最早的石立僧。众所周知，茶道、俳句、书法、水墨画、庭园等众多形成于中世纪的日本传统艺术，皆始于禅宗的修行。出生于横滨市郊外禅宗建功寺的枡野俊明先生，因出版众多记录禅宗教义的畅销书而闻名，我在几次采访后，对他的母校居然不是佛教学校而是玉川大学农学部这件事产生了兴趣。

有一次我问他为什么要进农学部。他和颜悦色地说：

“在上小学之前，我家请了园艺工匠，他们在后来成为庭园设计师的齐藤胜雄先生的指导下，重新建造了我家寺庙里那个荒凉的园子。我当时极爱看他们的工作过程。池塘、山石、枫树。那犹如独立宇宙般重生的美丽庭园让我不由得久久凝视。从那个时候起，我就对庭园和植物产生了兴趣。如您所知，梦窗国师是一位高僧，也是一位伟大的庭园建造家。我要继承家里的寺庙，禅修与庭园本就无法分割，所以我完全不觉得佛教和农学部的学习不相容。我在高中时就决定将来要学习庭园建造。

“我上小学时的一大乐趣，是每次拿到做法事或是上供用的点心

◈ 枡野俊明（Masuno Shunmyo）
1953 年生。建功寺住持、庭园设计师。多摩美术大学环境设计学科教授。其根植于禅宗思想与传统日式庭园的庭园设计在国内外受到了极高的评价。著有《担心之事九成都不会发生》（三笠书房）等多部作品。

* 梦窗国师
本名梦窗疎石。铸就了室町时代临济宗黄金时期的禅僧。其设计后来成为日式庭园的典范。在日本各地留有天龙寺、西芳寺等“禅意庭园”。石立僧指的是拥有高超的庭园建造技艺的僧侣。

盒，就抽出里面那张薄薄的透明蜡纸，用铅笔去描《朝日周刊》卷末登载的京都庭园的照片。我现在也喜欢那种薄薄的纸。”他高兴地眯起眼睛。

时隔十年，为了这本书我再次采访了枡野先生。事先我只说，请他告诉我自己喜欢的纸。

果然，他准备了那种薄而透明的纸。不过，是 B1 大小（728mm×1030mm）的纸卷。展开之后可以看到用记号笔写的一条一条的文字和类似位置草图一样的画。

“这是我用来整理思路的，好像大脑的备忘录一样。用电脑之前，先在这种硫酸纸上写下设计理念，画出草图。在这上面写写画画，新的点子会不断涌现，让我感觉自己的想象更为自由了。好像在窥视我的大脑？啊，确实有点像。这本来也不是给别人看的东西。”

外务省的庭院，从海外发来设计委托的博物馆，还有个人住宅的设计委托，大大小小各种工作，都是自这卷硫酸纸开始的。

“威严”“亲和”“玄关的格局”“咖啡馆”“樱花大道”，只有枡野先生本人才能理解的词语如宝石般星星点点散在纸张各处。

“在庭园设计中，比起绘制线条和布局，制定设计理念和整理思路更花时间。我会在这张纸上写下贯穿整体的设计理念，整理出实现这一理念需要的条件，然后进行各处的空间配置，以取得整体的协调。在这之后才真正动手进行设计。”

枡野先生不到最后关头绝不使用尺子，全是徒手绘制。

“到最后还是要用直尺画线的，不过徒手绘画不受任何束缚，可以自由扩展。现在很多建筑师一开始就使用 CAD 之类的电脑软件。用电脑的话，只要手绘百分之一的时间就能设定好，画直线也非常简单。但是这样一来，想象力也就被局限在百分之一里。过于依赖电脑的话，扩展和越线都变得不可能了。”

越线被他赋予了褒义。纸上有而电脑屏幕上没有。徒手能画而数码无法表现。这也许就是完美的越线吧。

仅仅帅气或是美丽，无法用来说服旁人。人们必须用庭园来表现禅宗不变的教义，用理念堂堂正正地说出这就是日本文化。

“我要设计的是永恒不变的，人世间的真理。为此，我必须思考谁会站在那个庭园里，他希望怎样度过这段时间，想拥有什么样的心情。”

在设计过程中，使用硫酸纸有不少好处。首先，它是透明的，将最初的草图重叠，可以在上面修改。也就是说，之前的思考过程与变化一目了然。其次，画的时候不会紧张。

“要是突然让你在一张白纸上画，还要求一次性画成功，那你一定会紧张。建筑师们常用的描图纸又太光滑。而硫酸纸用多少张都很随意，可以折叠起来携带，最重要的是这个厚薄程度，让人可以不那么紧张。”

这种纸本来是用于包裹黄油或是人造奶油之类的食品，或是包装肥皂的，枡野先生却让印刷店成箱订购。他笑着说估计同行中没有人会用这种纸。出差的时候，他若想到了什么点子，会记在小本子上，回家以后就抄到硫酸纸上。我领悟到，这确实是枡野先生身边最为重要的纸了，可以说这是他从小学时代就用惯了的点心盒用纸的加大版。其轻薄和透明的质感是使用电脑无法获得的。

“过去的禅僧，也经常受点心店的委托，用笔墨帮他们设计包装纸或是店标，用现在的话说他们是创意师。”

我十年前问他为什么要去农学部，这一刻我恍然大悟。正因为他是禅僧，他想用庭园来表达关于“自我”与“心灵”的禅宗教义。他使用这能够带来无限自由的薄薄纸张。

本城直季

摄影师

近乎荒唐又命运凄惨

本城先生每次去巴黎一定会去古董集市。倒不是要买什么，只是问问价钱而已。他觉得观察那些做生意的人和来买东西的人，比买古董更有意思。

“这张老照片上不知道为什么有着形状奇妙的刀痕。现在的人一般不会用剪刀去剪照片的。而卖的人不在意这些刀痕也是奇怪，这让我觉得很有意思。”

本城先生讷讷地说着。他不善言辞，但眼睛深处泛出的笑意告诉我,他是真心觉得很有意思。古董集市上有很多只卖一种东西的店，比如卖印章的，卖纽扣的，卖勺子的，卖活字的，等等。

“这些让人觉得‘谁会来买啊？’的店铺一家接着一家。回收这些东西的店主也是有意思，一个劲儿地收集印章的人到底是个什么样的人呢？这种店铺的角落不时会有照片在卖，我很喜欢去逛那些角落，那里既有全家福那样极为私人的照片，也有不知道拍了些什么的底片分门别类地放着。卖照片的人、回收照片的店主还有我这样来店里买照片的人，这些照片就这样在人与人之间传递，这种感

◈ 本城直季（Honjo Naoki）
1978 年生。东京工艺大学研究生院艺术研究科结业。活跃在杂志与广告业界，擅长用独特的手法将人物或建筑物拍得像模型一样。作品曾被瑞典大使馆的海报、三井不动产的“Shibaura Island”广告、杂志《Commercial Photo》《广告》《PAPER SKY》《BRUTUS》等采用。获得过富士摄影沙龙新人赛鼓励奖、爱普生彩色影像大赛学生奖、木村伊兵卫摄影奖等。

觉很好。我去的一家店店主是个老爷爷，一看就没赚到什么钱。”

本城先生小心翼翼装在袋子里带来的老照片，每张上面都有树木，不，应该说只拍了树木。这些照片的拍摄者好像都不一样。它们应该是喜欢树木照片的人收集的吧。到底是什么样的人在以什么样的目的执着地收藏树木森林的照片呢？

在旅行时，本城先生还会购买一样东西——机场或车站书报亭里卖的观光明信片。德国的明信片上是一堆大力神像。美国的当然是自由女神像。

“宾馆里也经常有卖的。土土的，一看就是多年没更换过。但是一看到那种明信片，出来旅行的感觉反而增强了。我会买个两三张，夹在书里带回来，总觉得这种对待方式让明信片们有点可怜。可能正是这种凄惨的感觉让我觉得不错吧。”

本城先生会把这类明信片寄给能懂得这种玩笑的好友。也许是偶然，这种纸又得以在人与人之间传递。

对获得过木村伊兵卫摄影奖的本城先生来说，我接下来要问的问题也许简单得显得失礼，但机会难得，我还是问出了口：

“用胶片和数码相机拍照到底是不同的吗？”

“不能相提并论。一定是不同的。拍摄时的紧张感就完全不一样。不过这并不是好坏的问题。用数码相机可以轻松地抓拍。它们的表现方式不同，只要选择合适的方式拍摄就好了。”他不假思索地回答道。

摄影师截取一个瞬间的时候，要在刹那间做出很多判断。我曾多次到访本城先生的拍摄现场，使用胶片相机的他，会让现场变成一个充满独特的紧张与专注的空间。当我问起他喜欢的纸张，他意外地给了我一个让人感到轻松愉快的答案。在旅途中购买的近乎荒唐又命运惨淡的照片和明信片，本城先生说起它们的时候，那种愉悦的表情真是难以形容。

工作中严肃认真地摄影的他，闲暇时却与照片嬉戏着。照片上那被截取下来的一瞬间，从一个人的手中传递到另一个人手上，跨越了国境与时空，有着永恒的妙趣。

桥诘宗

平面设计师

似无却有。厚度样书、无尽之力

“厚度样书”一词，是印刷业界的行业用语。我也是从事了现在这个工作之后才知道的。厚度样书，就是按照将要实际出版的书的页数和开本，使用同样的纸张制作出来的样书。它是在图书制作过程中向印刷厂下订单制作的，其护封、封面、正文都是空白的。据说以前的午间电视节目中，有一个环节是艺人在脱口秀的最后介绍自己写的书，经常发生主持人打开书发现里面一片空白的情况。据说是因为来不及印刷，只好临时打印出护封包在空白样书外面救场。

厚度样书只是个阴影里的配角，在图书上市之前它的演出就谢幕了。而设计师桥诘宗先生让厚度样书成为主角，冠以“纸张与厚度样书展”之名开办展览，成功使之沐浴在聚光灯下。

“厚度样书就是个替身，是没有意义的东西。但是，正因为制作了厚度样书，才能发现很多靠电脑排版无法发现的实际问题。比如重量、触感、纸张的装订方向、黏合剂的情况、纸张卷曲度、手感……即使工作人员装帧经验丰富，光靠头脑预测终究还是有考虑不到的部分。这些问题要靠和工人师傅边沟通边解决。在数码技术不断进

◆ 桥诘宗（Hashizume Sou）
1978 年生。武藏野美术大学视觉传播设计学科毕业。英国皇家艺术学院传播艺术与设计专业硕士课程结业。他参与多种艺术设计与平面设计项目，同时从设计与编辑的视角开展各种研究与集会活动。

左页图片
造型作家・古贺充作品集《Atelier》和该书的厚度样书。

化的时代，没有比这个更非数码的交流方式了。厚度样书虽是业内专用的，但极有人情味儿，虽然没有内容，但可以从中看到各种各样的故事。我觉得收集这些厚度样书应该是很有趣的。”

2011 年，桥诘先生通过设计师和出版社等收集到数百本厚度样书进行展览。他和竹尾（178 页）合作举办了“纸张与厚度样书展”。之后又在全国的美术大学及咖啡馆巡展。在这个与众不同的、不展示成品而展示过程的展览上，桥诘先生有很多发现，他这样说道：

“虽然厚度样书没有任何特殊之处，内容是一片空白，但人们按照其轻重、大小、装订的特殊性、封面的光滑或粗糙、书签带的长短为其分类时，会逐渐找到自己的节奏和语言。人们通过分类编辑赋予其意义，在此过程中会意识到一无所有本身也是一种意义。”

乍一看什么都没有，但其实，有。厚度样书包含了那么庞杂的信息，如此雄辩有力。厚度样书如同幕后工作者，普通读者是无法接触到的。我从桥诘先生的话中，重新发现了它宛如成品一般的崭新魅力。

桥诘先生是命中注定要与厚度样书相遇的人。

学生时代的桥诘先生，在学习传播设计时度过了一段很长的郁闷时期。

“当时，我对自己能在平面设计上做什么产生了一种焦躁，同时又有一种倦怠感。也许自己被视觉传达的直观性局限住了，因而产生困惑。后来我去英国读研究生，在那里学到平面设计中也有美术印刷设计这种非构图类的设计，有时将失败的设计吸收到自己的想法中，能够产生新的东西。在那里我得以回到原点，重建了自己的思考方式。那段经历对我非常重要。”

这样说来，桥诘先生留意到厚度样书是极为自然的。厚度样书包含着视觉传达、以设计为介质的交流的元素，进而可以说拥有设计的可能性。虽然没有文字，但通过编辑能够催生新的“阅读方法”。似无却有。这是个伟大的发现。

对于自己留学时期的所学，他说：

“我觉得我学到的不是设计，而是设计的态度。”

完成使命后就被丢弃，本来与主角无缘的厚度样本，在桥诘先生的再次编辑下，显示出崭新的设计魅力。在我眼中，桥诘先生对设计的态度，真是无比真挚又令人耳目一新。

饭田安国

摄影师

来自威尼斯制书工匠的礼物

“YASUKUNI，我一直等着你呢！为了把这个送给你。”

饭田安国先生每次去意大利，必定会去一家威尼斯的纸制品装帧店。这次他被店主叫住了。店主名叫坡列罗（Polliero），饭田喜欢他家的笔记本，每次到访必定买上两三本，算起来二人已经打了 27 年交道了。如今店主满面笑容地递过来一个小小的本子。

《POLLIERO YASUKUNI》（坡列罗 安国）。

封面上有烫金的印记。打开后，只见里面装订着几十款色彩鲜艳的木版印刷纸。坡列罗先生为喜爱意大利传统纸张的安国先生特地制作了这本自己店里出售的纸张的样本册。

安国先生惊讶得话到嘴边不由得又咽了下去。

“他为我这样一个不起眼的不知何日再来的东洋游客特地制作了这本小册子。我实在是太高兴了。内心充满感动，连话都说不出来了。”

自 14 世纪末起，欧洲木版画随着纸的普及而发展起来。16 世纪中，意大利多色印刷的木版画技法广为传播，诞生了众多优秀的工匠。到了 17 世纪，云石纸 * 开始流行，被广泛用于图书、记事本及美术

◈ 饭田安国（Iida Yasukuni）
日本大学艺术系摄影专业毕业后留美。在旧金山艺术学院学习后成为职业摄影师。曾获木村伊兵卫摄影奖等奖项。

* 云石纸（marble paper）
西方纸制品中最为有名的装饰纸之一。在颜料中滴入油脂形成花纹。自古以来，各地使用的颜料或道具不同，制成的花纹多种多样。意大利南部的阿马尔菲有许多制作云石纸的老店。

品的装饰。每一种纸都被创造出无数纹样，其传统制作技法被纸张工匠们传承至今。像坡列罗先生那样专门从事书本装饰与制作的工匠开始增多，制书艺术遍地开花。

喜欢书写、本子与纸张的安国先生在威尼斯有两家必去的店铺。一家是坡列罗先生的店,还有一家是卖本子的皮革制品店。除此以外，安国先生在以纸张工作室多而闻名的意大利南部海岸小镇阿马尔菲也有喜欢的纸品店。可能是安国先生对纸本的这种热忱打动了坡列罗先生吧。

我问安国先生那家店的主人是个什么样的人，他取出记录旅途点滴的记事本，指给我看。

“就是这个人。”

一次成像的宝丽来照片上是一个阳光开朗、有点肚腩的意大利工匠。安国先生就像这样用照片和文字把萍水相逢的人们记录到自己的本子上，他们的心就这样紧紧相连。如此想来，这本木版印刷的纸样册既是一本旅行的记录，更是一本心灵羁绊的记录。

宝丽来与软头笔

今后我旅行的时候，也要带个本子。有可能的话，还要带一个宝丽来相机和一支软头笔。我看着安国先生的旅行笔记本，不禁这样想。

安国先生为了带旅行记录本给我看，特地背了一个大包过来，里面的每一本都厚厚的，贴满了照片和小便条。打开本子，只见意大利语、法语写的留言旁边配着宝丽来照片，有用订书机订上的，有用邦迪创可贴贴上的，还有用丝线缝上去的。还有一张便条居然是用邮票粘上去的。他旅行归来后到底会不会整理呢？

“我绝对不在日本重新翻看的。我会在旅途中拍好照片，请对方写下只言片语，然后当场用手边的东西把照片固定在本子上。否则会忘记，回国以后再整理会很麻烦。”

确实，他的心情我非常理解。要是让我回到家之后，在自己平时工作的书桌或是茶几前整理旅途回忆，我会很苦恼的。麻烦是一个方面，更重要的是一张张地整理照片会让我觉得自己在抹去旅途的痕迹，令人失落异常。

在海外的机场、酒馆、购物店，安国先生边聊天边拍照，把自己的本子和软头笔交到对方手里。据说在那一刻，软头笔通常会给对方带来惊喜。一张照片、一个本子和随之诞生的一段对话，让旅途瞬间产生了一种纵深感。从他去美国留学的时候算起，这个习惯已保持了三十年。

“到目前为止，您印象最深的是哪一位？”我问道。安国先生从一堆本子里抽出一本（明明既没有编号也没写年份），哗啦哗啦翻到其中一页，指着一个年轻美貌的异国女子说：

“这个女孩子。她在维也纳的一个酒吧一个人喝着酒，一会儿哭喊一会儿抽泣，是个有点反常的古怪女孩。她是一个电影导演的助理。”

安国先生不由自主地拍下照片，然后像往常一样将本子和笔递了过去。女孩毫不犹豫地拿起笔潦草地写下一行文字，是一句混乱的英语。安国先生背诵了出来：

“Live fast. Love hard. Die young.”

alle prossima

伊能势敦子

烹饪家·散文家

不忍拆开的包装

我与伊能势敦子女士的相识，始于一封邮件，内容是对我作品的感想。

“我因您书中的字句获得重生。我的爱好是制作香皂，我非常希望把我制作的香皂寄给您。这样的要求也许有点强人所难，如果可以,能将您的地址告诉我吗？”这是当时伊能势女士在邮件中说的话。我原想拒绝，但是读到后面，她那长长的内容详尽的邮件，让我感到温暖而充满诚意。于是我立刻厚着脸皮在回信中写下“当然乐意”。

不久之后，飘着甜杏仁与玫瑰香气的小包裹被送到我手里。她做的香皂像小点心一样层层叠叠的，各种色彩与香气重叠在一起，令我十分心动，而香皂的包装更令人惊喜。只见邮局惯用的牛皮纸上盖着各色蝴蝶花卉的印章，然后用麻绳打上十字结。分开看每一件都是普通至极的物品，组合到一起却成了一件时尚而华美的作品。

自那以后，我们的交往开始变得频繁，甚至常常到对方家里拜访。伊能势女士是个热爱香皂制作和单反相机的家庭主妇，也是两个孩子的妈妈。她是为了将香皂做到极致而不惜在自家车库建工作室的

◈ 伊能势敦子（Inose Atsuko）
作者2006年为本书进行采访时她是一名家庭主妇。之后以香皂制作家AKO的身份开展活动。烹饪、摄影、造型皆亲力亲为，开启了烹饪家、散文家之路。现为小班化烹饪&点心教室Rental studio（Kyou-no-ya）的主持者。写作烹饪书的同时，也在为企业食堂开发食谱。

有点冒进的人。

做出好的香皂时，她常常会寄些给我。香皂外包装上洋溢着“表现自我的喜悦之情”。其中有两个包装实在太可爱了，以至于一年过去了，我都不舍得拆开。我将实情告诉她之后，她非常高兴地说：

“没问题，我做的香皂能保存很久的。”

至今，本节开头照片中的香皂，我仍未得见真容。

据说这两张包装纸原先是个小纸袋子。

“我会把市面上出售的纸袋子或信封拆开，裁剪成自己喜欢的大小，享受包装的乐趣，或是按照自己喜欢的形状重新做成小袋子。”

她从包装材料店购买纸袋。然后盖上印章。印章是私人定制款。伊能势女士爱用“TSUKINEKO”印章店的印章，因为那家店的印泥上色效果很好。只用一种颜色未免有些单调，所以她常使用花纹相同而颜色不同的印章叠印。只见蝴蝶的翅膀上微微泛红，其他部分使用蓝色，两色重叠的部分呈现出渐变的有层次感的紫色调。

橙色的绳子是从她祖母那里得到的手工制成的旧麻绳。

“虽然包装简单，但只要有一根绳子或一个蝴蝶结做点缀，就会变得非常漂亮。我希望自己能满腔诚意地认真包装，直到把最后一个绳结打完。”

每次看到这两个小包裹，我都会想到“初心”一词。一个小小包装也是对自我的表达，因为热爱而执着。不放过一个细节。认真去挑战。去享受。

我能否像她一样在每个细微之处都做到自我表达呢？我是否会在某个角落偷工减料呢？是否真正享受这个自我表达的过程呢？

一直不忍拆开包装的我，时时这样扪心自问。

似衣是纸去剪裁

伊能势女士告诉我她自费出了一本小册子。在包装那本小册子时，她制作出这样的东西（85 页）。材质是现在市面上已经不多见的厚蜡纸，也有叫玻璃纸（glassine paper）或是石蜡纸（paraffin）的。它原本用作装蔬菜或面包的袋子，伊能势女士从包装材料店买回来之后拆开重新制作了一番。

一开始她的想法很简单，因为没有合适的信封，就想把现有的袋子拆开，像修改衣服一样重新裁剪一下再用。

她用美工刀沿着折缝轻轻裁开袋子，再用缝纫机缝上，做成大小合适的袋子。蜡纸上浸染了石蜡，所以很结实，即使用缝纫机缝也不会破。于是，她又大胆地加上了美丽的刺绣般的花纹。

纸张与丝线的意外组合极富个性，一个能够反复使用的原创信封就这么诞生了。

小林纪雄

摄影师

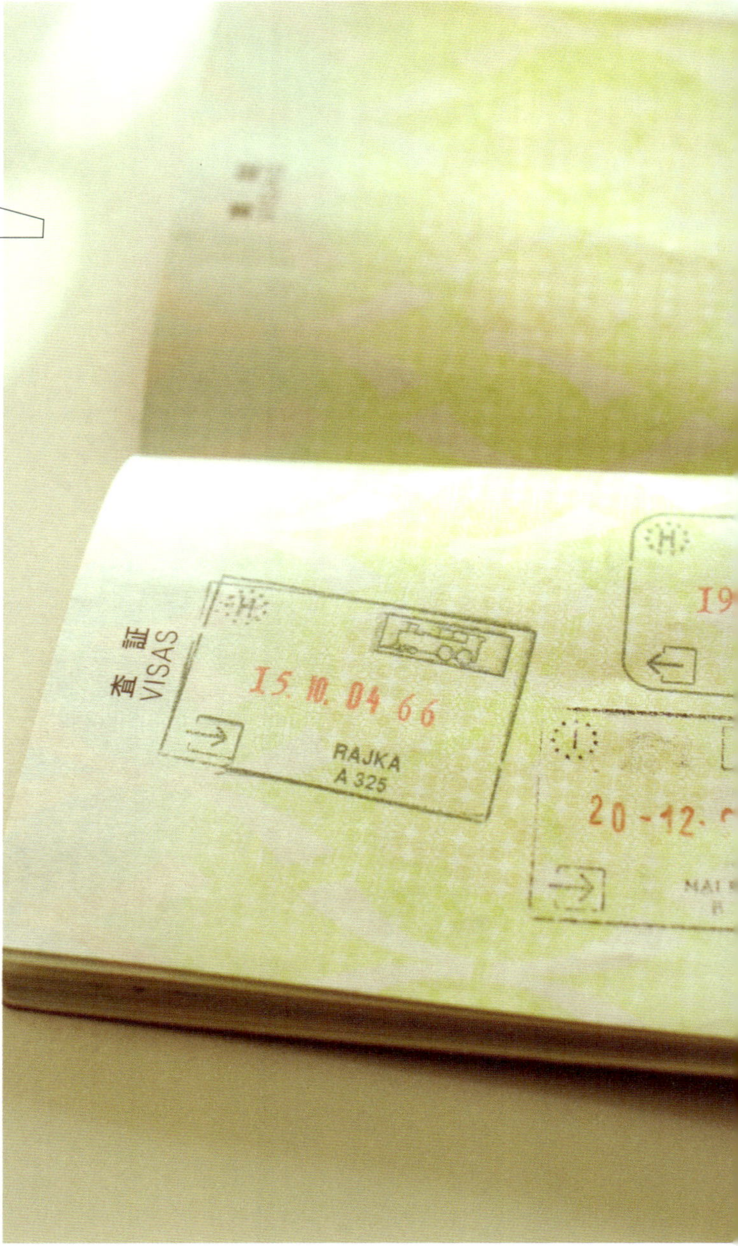

童话王国的标志

小林纪雄先生以前是普通的公司职员，无法随心所欲地请假，成为自由摄影师之后简直像要报仇雪恨一般，每年都出去旅游。因此每次和他一起工作，就会听他聊很多旅途趣闻。

之前他去了东欧。“整个城镇都好可爱啊！”他说话的样子简直少女心泛滥。

“在斯洛伐克，简直就像在童话的国度里。您绝对要去一次。年纪一把的大叔穿着红色的长靴，路标和巴士的设计也都很赞。木偶剧也盛行。”

有些小孩子的图画书只有双色印刷，咖啡馆里随意摆放的单色火柴也非常时尚。色彩使用相对较少，反而显得可爱，令人情绪舒缓。“比方说这个。”说着，他拿出护照给我看。

从斯洛伐克进入匈牙利的入境章上有一个火车头的图案。

“如果乘飞机入境，就是一个飞机的图案。欧洲大陆国家众多，相互毗邻，语言却各不相同，所以才用图案做标志吧。看着质朴而温暖。下次我考虑坐巴士或者坐船跨越国境试试。”

◈ 小林纪雄（Kobayashi Kiyu）
1968 年生。原为新闻记者，后转为摄影师。
本书摄影师。

左页图片・护照用纸
仔细辨认的话，纸面上隐藏着细微的透明花纹。自 2006 年起，日本护照中央嵌入了 IC 芯片以及无线通信接收器的卡片。

以前我从未注意过出入境的图章。巴士和船的图章究竟会长什么样呢?

旅途小作品

右页的照片里是堪察加半岛上的巴士车票。小林纪雄先生有个朋友在那里当日语教师。因为有事要离开一个月，房间空着，便邀请小林去住。小林漂洋过海去了朋友的公寓，发现公寓在一片原野般的地方，周围什么都没有，每天要坐巴士才能去几公里外的城镇。车票上的号码每天都不一样，数字也没有什么关联。他推测可能是为了避免乘客用同一张票坐两次车才乱印数字的。

“真的是无所事事，无聊至极，除了罗宋汤也没有别的好吃的东西。我当时想，俄罗斯那种地方真是再也不想去第二次了。”

世事就怕“没想到”。没过两三年，他居然有些怀念那个土里土气的地方了。想起那一张张巴士车票，纸质低劣、印刷粗糙，又觉得就是那种粗糙的感觉才好，于是他翻箱倒柜把那些车票找了出来。

仔细观察一下，会觉得那很像日本传统的和纸。小林先生这么一想，干脆把车票像绘画作品一样挂在了墙上。看着看着，他眼前仿佛浮现出冷冰冰、没有干劲儿的胖大婶，或是图画书《拔萝卜》里画的那些俄罗斯人。

“我还想去。”

就算他不说这话，看着这车票构成的小作品，我也立刻就明白了。

大口善介

平面设计师

6がつ19にちようび
ペパ ちんいつもたのしい
ですかこんどともだちが
きたらじんせいげいむしよ
うね 8くがつ―にちようび
あそぼうね
りんすけより。

有一天，在爸爸的书桌里

大口善介先生像往常一样坐在自家的工作台前画着画。他无意中打开抽屉，发现有一封厚厚的折成四折的信，像是从抽屉缝里硬塞进来的。

“哈哈，一定是辽干的。”

打开一看，果不其然，信是长子辽写的。

“天气马上就要变冷了。”他的口气像大人一样，一上来是关于季节的问候。认真读下去会发现，信的结尾写着，“圣诞快到了，给我买新的游戏吧。”

“搞什么呀，原来是来催礼物了。真是拿他没办法。”

大口先生笑着把信重新折好放回抽屉里。那个抽屉里有一个装宝贝的点心盒。

大口先生打开盒子，把宝贝一件一件拿出来给我看，一边解释说：

“我工作时常常会印错或者写错东西，搞出一堆废纸。我那几个儿子不时偷偷溜进来把那些纸拿走用来画画。然后写了信又偷偷放进我工作的包或是抽屉里。小孩子的想法真是很好玩，明明说出来

◈ 大口善介（Ooguchi Zensuke）
1960 年生。插画家、平面设计师。

左页图片
次子陆介过去写给大口先生的信。当时大口一家经常用这样的方式互通书信。

就好了，非得特地藏起来。”

看着他那一脸“我家孩子真是可爱得不得了”的表情，连我这个听众都觉得十分幸福。这个当爸爸的，把儿子 19 年前写的信一封不落地收藏起来，保存至今。

现在的辽体格魁梧，个头快超过爸爸了。我看着他小时候以稚嫩的笔迹写下的信，想着这可是发手机短信绝对得不到的宝贝呀。

右页图片
父子共同制作的恐龙，也是十多年前的作品。在大口家，普通的纸箱子也能成为出色的手工课材料。

第二章 十年前与十年后的纸神大人

10 Years ago and 10 Years after

—

本章中的“十年前”是底本《纸神》（白杨社，2006 年）的内容，“十年后”为 2016 年再次采访后添加的内容。

10 Years ago and 10 Years after

Tadashi MORISAKI

守先　正

平面设计师·装帧艺术家

◈ 守先正（Morisaki Tadashi）

1962年生。书籍设计师。筑波大学艺术研究科结业。曾就职于花王股份有限公司设计部、筑波大学艺术系、铃木成一设计室，之后独立出来，成立了MORISAKI DESIGN。

中国人民郵政
400圓
VIET NAM
VIET NAM DAN CHU CONG HOA
BUU CHINH
60 XU

过于美丽的邮票令人疲惫

喜欢跳蚤市场的朋友告诉我：

“如今世界上最有趣的跳蚤市场在过去的东德地区。那里会以令人难以置信的价格销售好多古老而精致的东西。”

卖家并不觉得自家的东西时尚而精致，像在自家车库卖旧货一样把它们随便摆在那里。不久以后，全世界的专业买手蜂拥而至，价格瞬间就涨上去了。

话说回来，那个朋友和我想象的“古老而精致的东西”究竟是什么呢？邮票是用来描述它的最佳例子。

在过去的东德以及中国和越南等地，纸制品的设计都非常有意思。我尊敬的守先正先生，既是平面设计师，又是印刷与纸张专家，我擅自称他为“纸张老师”。他是这样称赞那些国家的纪念邮票的：

“这枚中国的邮票很不错吧。虽然用纸粗糙，而且只用了单色印刷，但画面中女子体操运动员的姿势和背景的色彩差异可以反映出很多内在的情绪，令人非常愉悦。”

略带墨色的绿色或金咖啡色之类的背景上，人物摆出各种体操动作，不免有些单调。纸张是粗糙的本色。嗯，非常质朴的感觉确实不错。

“现在的邮票，使用高级的纸张和各种专色进行印刷，还要去除瑕疵、调整重影……相比之下，眼前的这些邮票拥有‘高级邮票’没有的优点。”

仔细观察，果然越南民主共和国和捷克斯洛伐克的邮票，色彩都有些许模糊。

日本的邮票纸张表面光滑，一摸便知是上乘货色，而眼前的这些，手感多少有点毛糙，即使是同一个国家的邮票，也是纸质品种不一，颜色多为单色，制作时大概没有足够的预算。既然不能以纸质和色彩数量取胜，就用设计和排版弥补，所以图案的完成度相当高。

“以前这些国家没有独立设计师，都是由国家聘用绘图师或是画家设计邮票。邮票用来赚取外汇，或是为了展示国力，一定会请优秀的人才参与制作。所以，就算纸张墨水质量不高，但调制色彩的技术不断提升。图案是用一种叫‘burin’的雕版专用钢刀刻的，非常美丽。”

平时沉默寡言的守先先生，一说起邮票就滔滔不绝，摇身一变成了邮票教室的老师，作为学生的我只会一个劲儿地用力点头。老师说，捷克的多色凹版印刷技术极为出色。凹版，是指将油墨倒入凹版的凹槽中进行印刷的方法，捷克邮票有很多是“雕刻凹版”的。据老师推测，那些制版的雕刻师技术相当高超。

老师还说，通过邮票可以全面了解发行国的国情，这也是很有意思的。社会形势、政治情况等都可以通过邮票这个小小的窗口直接传达出来。邮票的世界是非常深奥的。

老师少年时代生活在故乡淡路岛，那时他只要攒到一点零花钱就会去邮票店。他通过邮票记住了四季花卉、国立公园、节日庙会、国家宝藏。邮票虽小，却组成了一本伟大的参考书。

“日本的邮票设计绝对是过去的好。你看这张10日元邮票上的‘1’多美。笔直的竖线，只有顶端斜切下来，表示是个‘1’。日本邮票自从不用这个‘1’就不行了。”

他的课程似乎还要持续下去。我探出身子说，日本的纪念邮票我也收集了一点，这才算告了个段落。下一堂课请老师从头开始讲日本邮票的魅力吧。

（2006年）

日本郵便 10
すいせん
日本郵便 10
うめ
10

设计的原点

守先正邮票教室第二课的主题是“日本昔日的邮票”。在老师小时候，10日元的日本邮票配色十分素雅而具成熟之美，他立刻就被吸引了。

“过去人们的审美要比现在成熟得多，不是吗？你看，白色的花朵，底色是紫、褐或灰。粉色的花就配黑色。现在会这么搭配吗？”

被老师这么一提点，我确实觉得这些邮票雅致而有品位，色彩的选择与搭配出类拔萃，十分新颖。这样的日本邮票在当时的发达国家中会收获怎样的评价呢？跟现在色彩繁多、纸质良好、印刷技术也有了大幅提高的邮票相比，显然当时的更有日本味道吧。

在这些10日元邮票之前，日本还发行过福泽谕吉、野口英世等人的肖像邮票，也是浅色的单色印刷。那个时期的邮票也非常美丽。老师说：“就是这种单凭一色决胜负的才厉害！

“色彩越多，找借口的余地也就越多。在没有借口可找的单色印刷世界里，邮票的成功需要极为优秀的设计。设计者要思考在既定的条件下，花纹图案、文字信息该如何安排。老邮票中值得学习之

左页图片・10日元邮票“花卉系列”
1961年，作为邮局创办90周年纪念，每月发行一张四季花卉邮票。

EXPO'70
JAPAN
WORLD EXPOSITION,
OSAKA, 1970
Progress and Harmony
for Mankind
MAR 15 -
SEPT 13 '70
ADULT
45 3 15 -
45 9 13
大人

处比比皆是啊。”

方寸邮票，也许就是平面设计师身边唾手可得的最佳教科书。

（2006 年）

大阪世博会*入场券

守先先生像在拿结婚申请书一样，小心翼翼地从盒子里取出一张大阪世博会的入场券给我看。

“哇！好酷！当年我的那颗童心立刻成了这美丽设计的俘虏。”

守先先生当时小学二年级。我很想进一步了解，这张门票在一个 8 岁孩子感性的目光中呈现出怎样的姿态；而且守先先生是一个出生于关西地区，又从小喜爱设计的少年，世博会的入场券对他而言会是一个令人感动的人生仪式的象征，是人生不可或缺的东西吧。

“这个圆形图案最好了。在我小时候有一种叫万花尺的玩具，把铅笔插在尺上的小洞里不停画圈就能画出图形。也许因为我很喜欢

* 大阪世界博览会
1970 年 3 月 14 日至 9 月 13 日召开。入场人数约 6421 万人次。会场总体规划者是丹下健三，标志性建筑“太阳之塔”由冈本太郎设计建造。此外，还有清家清、矶崎新等人担纲设计。田中一光在自己的著述中提到他费时整整两年完成了政府一号馆的“历史”的展示设计。入场券的艺术指导是杉浦康平，由胜井三雄设计。

那个玩具，所以才喜欢这个图案。世博会的标志、颜色、形状、文字的组合，一切都那么完美，放在今天看也是非常新颖的。”

我小时候也常玩万花尺，用万花尺画出来的图案和这张世博会入场券上的彩纹图案还真是有点相似。

8 岁的少年还不知道什么复杂的术语或技法，但是少年心中涌动的对“美”的向往就那样静静地蔓延开了吧。

大阪世博会的主题是“人类的进步与和谐”。守先先生回忆说，这张入场券也许是“我成为设计师的一个契机”。一张入场券的设计就推动了一个少年走上未来的道路，1970 年的大阪确实召开了一场通向人类进步与未来的盛典。

（2006 年）

奇肖尔德系谱

守先先生看到企鹅图书*2004年开始出版的经典哲学丛书“伟大的思想”（Great Ideas）时，被它深深吸引了。创立于1935年的企鹅图书公司活跃着一名年轻设计师，关于他的趣事时不时地传入守先先生耳中。

“这个系列想通过对尼采、卢梭等人的经典哲学书进行重新设计，使之更容易为普通民众接受。因为有大卫·皮尔森（David Pearson）的装帧设计，该系列丛书在英国大获成功。其最大的魅力在于所有封面设计简洁，仅以‘文字’为素材，色彩只使用了红黑双色。在那之后，他设计的另一系列“伟大的爱”（Great Loves）也极为出色，亚光纸表面不做任何加工，仅中间的插画有微微的凹凸感，用色也好，不做任何说明的图案设计也好，看着实在令人心情舒畅。”

守先先生属于一旦爱上什么就忍不住深挖到底的人。据他的调查，大卫是在中央圣马丁艺术与设计学院学的平面设计。他做课题研究时使用了企鹅图书的封面设计，指导老师看到后向他介绍了过去在企鹅图书的德里克·伯兹奥尔（Derek Birdsall）、大卫·佩勒姆

* 企鹅图书（Penguin Books）
英国老牌出版社。创立于1935年，是当时为使图书更廉价而推广平装书的先驱之一。一直站在推动英国文化与设计史进化的最前端。2012年与兰登书屋（Random House）合并。

FORBIDDEN FRUIT
DAYS OF READING MARCEL PROUST
PENGUIN BOOKS GREAT IDEAS
PENGUIN BOOKS
THE LOST GIRL
D. H. LAWRENCE
COMPLETE
UNABRIDGED
3/6
Of EMPIRE
FRANCIS BACON
Read not to contradict and confute; nor to believe and take for granted; nor to find talk and discourse; but to weigh and consider.
Penguin Books, Great Ideas.
GREAT LOVES
LEO TOLSTOY
THE KREUTZER SONATA

（David Pelham）等设计师的作品。在学习过程中，大卫对企鹅图书的敬爱与日俱增。

此后大卫进入企鹅图书公司，成了其设计室的成员。进公司后他提出想出版一本归纳整理以往封面设计的书，并幸运地得到了这份工作，之后的数周就把自己关在巨大的档案室里，在那里他看到了扬·奇肖尔德*工作时的实物，无比兴奋，深铭肺腑。

奇肖尔德是曾经为企鹅图书的排版及图书设计带来巨大变革的核心人物。1947年，他受企鹅图书邀请着手做新的排版设计，创立了“企鹅排版规则”。只要遵循这套规则，谁都能做出有一定质量的排版设计。他是第一个确立了大规模出版业规则的伟大的排版设计师。

“在档案室亲眼看到奇肖尔德过去的工作后，大卫注意到奇肖尔德的再设计均为细节之处见雅致。他并非做了什么了不起的改动，只是去除了一些不太好的部分，然后进行细微的位置调整，整体设计立显洗练之风。后来大卫回忆说他发现这一点时欣喜若狂。之后，他继承了奇肖尔德的风格，绝不做华丽之物，只在极为普通之处进行纤细而雅致的调整，就能给整个品牌带来新的气息，将现代的感

* 扬·奇肖尔德（Jan Tschichold）
1902年生于德国。曾作为排版设计师、书法家、字体设计师活跃在业界，1946年加入企鹅图书开始从事图书设计的改良工作。被誉为让全世界认识到图书排版重要性的20世纪现代排版设计巨匠。

左页图片
皮尔森设计的“伟大的思想”与“伟大的爱”系列丛书。红色封面上有企鹅的那本是奇肖尔德的设计作品。

性要素与古典的理性要素融合在一起。这一切使他与奇肖尔德的身影重合了。”

守先先生在不断查找大卫资料的过程中，最终找到了奇肖尔德。

“大卫的设计让我意识到只要排除多余之物并改变排列方式，就可以创造出洗练之风。大卫和奇肖尔德是一脉相承的。光是了解到这一点，心灵就会变得更为丰富。”

离开企鹅图书独立之后，大卫和两个朋友创立了怀特图书公司（White's Books），将自己之前的工作报酬全部投入这项事业中，在这里他可以不受任何限制地完全按照自己的想法进行图书设计，他制作了大量使用布面装订造册之类的精益求精的图书。

“我记得在哪篇报道中读到过，他说：‘虽然越做越赔钱，但我非常幸福。’”

守先先生一脸羡慕，他几乎收全了所有怀特图书公司的书。

探寻钟爱之源的意义

科拉莉·比克福德－史密斯*是企鹅图书公司才华横溢的年轻女设计师，广为人知。守先先生说他第一次知道科拉莉的名字是因为看了武藏野美大学生的推特。我觉得意外，不由探出身子问：“您为什么会看学生的推特？”

“那个学生我没见过，不过他提交的毕业作品是一件很有意思的排版设计。”

在守先先生心中，头衔、年龄、经历统统不重要，自己的眼睛与直觉就是探寻美丽之旅的起点。

守先先生看到科拉莉作品的那一瞬间，就被那份美丽吸引了。他想拿到实物，想知道她为什么能完成如此出色的工作，想知道她究竟是个怎样的人。守先先生的探寻欲望眼见着膨胀起来。

科拉莉进入企鹅图书公司，是因为当时企鹅图书的艺术设计师吉姆·斯托达特（Jim Stoddart）在超市货架上看到了她设计的《宠物俱乐部杂志》封面。

“她毕业于以排版专业闻名的雷丁大学。据说毕业后因为仰慕特

* 科拉莉·比克福德－史密斯（Coralie Bickford-Smith）
企鹅图书公司设计师。她设计的丛书使用了经典模式而受到关注。她不仅是一位设计师，也开展其他多彩的活动，例如绘制出版绘本（企鹅图书发行）等。

F. SCOTT
FITZGERALD
THE GREAT
GATSBY
F. SCOTT
FITZGERALD
TALES OF THE
JAZZ AGE

FOX
AND
THE
STAR

里西亚·吉尔德（Tricia Guild）美丽的布艺设计而进入一家出版室内装潢类书籍的公司工作。辞职之后她的工作似乎一直不顺利，她把那段日子称为'黑暗的岁月'。进入企鹅图书的她如鱼得水般完成了一件又一件出色的工作。她的设计多彩而极富少女心。这套菲茨杰拉德丛书使用了烫金烫银设计，美得让人目眩神迷。在网络上看照片是绝对无法体会把它拿在手里的那种绝佳手感的。”

从他的话中，我了解到科拉莉并非一开始就顺风顺水地在企鹅图书工作的。因为一个不起眼的作品被吉姆·斯托达特看到，他发现了她的潜能，才有她今天的成功。守先先生在探寻科拉莉成长经历的过程中，注意到创造最为单纯的原点。

“那就是幸运的偶然，还有要相信无论多不起眼的作品，该看的人一定会看到。最重要的是，永不放弃追逐自己的梦想。”

对守先先生来说，探寻这些故事不是单纯为了解美丽的秘密或者源头，它也是为了探寻设计师创作时应当秉持的状态。

112 页图片

菲茨杰拉德系列丛书。科拉莉设计的犹如点心盒一般使用了金银箔装点的书籍。据本人说，这个设计的灵感更多的是来自大英图书馆和美术馆，而非网络。

113 页图片

《狐狸与星》。作者·绘画·装帧：科拉莉·比克福德－史密斯。以较少的色彩表现出梦幻般的森林与一只孤独的狐狸的故事。获得多个年度图书大奖。

与伊玛·布* 在一起

熟悉设计又喜爱纸的人到处都是，但一提到纸张和书本，我首先想到的还是守先先生。因为他对自己感兴趣的东西会刨根问底地探寻下去。每次见到他，都能感觉到他的这种热情源源不断地散发出来，永不枯竭。他那一脸“我喜欢！”的样子令人神往，而他不断查阅资料积累的知识与信息量总是让我甘拜下风。

最近这几年，他提到的最多的设计师是伊玛·布，一个住在阿姆斯特丹的世界首屈一指的平面设计师。她的作品被纽约现代艺术博物馆（MoMA）、阿姆斯特丹大学等收藏为永久藏品。伊玛的名字第一次正式在日本出现是 2004 年 12 月。杂志《pen》的“美丽的图书设计”特辑把她的作品称为“美丽的艺术品”。从那以后，印刷博物馆（文京区）定期举办的“世界图书设计展”几乎每年都会展示伊玛的作品。

守先先生早在 1988 年就在六本木的青山图书中心一时冲动买下了伊玛设计的邮票目录 *Nederlandse postzegels 87+88*。那是由荷兰邮局 PTT 出版的该局当年发行的邮票的目录。全书采用对折包背装订方式，不用裁纸刀裁开就无法看到对折页内侧的内容。另外，书中

* 伊玛·布（Irma Boom）
1960 年生于荷兰。图书设计师。她在图书制作理念、装帧风格、纸张选择、构成形态等方面做了细节性的革新，令世界为之倾倒。在日本偶见用片假名“ブーム”（buum）标注她的名字的。但是她本人的名片（守先先生收藏）上用片假名书写着“ボーム”（boom），所以这样书写才是正确的。

哥特体的文字没有做文字间距的调整，时常出现跨页排版。最核心的邮票图片居然小到几乎等同于实际尺寸，余下的空间凌乱地堆砌着邮票草稿之类的素描和照片。守先先生买下这本设计新颖的目录时，并不知道它是伊玛的作品。数年之后，她的作品开始在人们的话题中零星出现，守先先生想起“她可能是那本书的设计者吧”，然后从书架上拿出书来才发现确实是。从那以后，守先先生又一次开始了探寻伊玛的旅程。

“人们总是首先注意到她奇异的图书设计。我也是。渐渐地，我开始思考她为什么要把书设计成这样，她是如何设计出这么出色的书的。我开始想要了解原因,以及这种设计风格是怎么形成的。同时，我对荷兰设计师为何能设计出如此有趣的书也产生了兴趣。”

伊玛也做过邮票设计。根据大竹左纪斗先生在《DESIGN 季刊》（2007）上发表的对伊玛的专访，荷兰邮局自 1920 年起，起用平面设计师进行邮票设计。邮票是一个国家的颜面，荷兰政府呼吁平面设计师们参与邮票设计，并对富有高度实验精神的艺术家们给予资助。我对守先先生的采访结束后，他把那篇九年前的专访邮寄给我，称之为“令人想要进一步深入了解的契机”。守先先生为了遍读伊玛

右页图片

The Architecture of the Book 囊括了 1986—2013 年间伊玛的所有作品。两册书内容相同。迷你本虽只有 5 厘米厚，但有 800 页。大本购于 2015 年，迷你本购于 2010 年。

BOOM

的演讲记录和相关的英文报道，甚至不惜自费请人翻译。他的这种执着实在令我觉得颇有意思。

除了利用海外网站搜集伊玛的作品，守先先生还会特地跑到荷兰去购买她的作品。他拜托要去海外的中岛祐介先生（书店“POST”的陈列设计师）寻找一本伊玛·布的作品集，并说：“找到了就请买下寄给我。”那本作品集全世界限量发行150本，每册800页，是380mm×500mm的大开本。我怕太俗气没直接问价格，不过代官山的茑屋书店进了五本，每本售价是三十一万多日元。

守先先生估计是全日本拥有伊玛·布设计作品最多的人了。所以2015年日本举办伊玛·布展时，策展人中岛先生跟守先先生商量，他们无法将伊玛所有的作品从荷兰运过来，是否可以借一些用来展示。守先先生说：

“如果可以让参观者亲手摸到书，我就借”。中岛先生把它转达给了伊玛女士。

展览当天，守先先生见到了伊玛女士。她问道：

“为什么您提出要让观众摸到书呢？也许会弄脏甚至弄坏呢。我在全世界开巡展，从来没有人说过这样的话。其实我之前做过这样的尝试，最后还回来的书从中间直接裂成了两半，这让我伤心不已。”

“如果我是参观者，我一定会想触摸你设计的书。既然请我协助，我就希望它办成一个可以摸到作品的展览。”

伊玛微笑着表达了谢意。他们相差两岁。守先先生回忆起，伊玛将自己称为电脑普及之前诞生的“BC（公元前）世代”，他对她的幽默深有同感。他们是生活在同一个时代的两位设计师。听守先先生说起这次幸运的相遇，我的心都觉得温暖起来。

守先先生购于1988年的邮票目录 *Nederlandse postzegels 87+88*。折页包背设计，每一页的排版与构成皆不相同。

10 Years ago and 10 Years after

Kimiaki ETÔ

江藤公昭

『纸张实验室』店主·设计师

◆ 江藤公昭（Etō Kimiaki）

1977 年生。2007 年在 Landscape Products 就职期间，与高田唯、武井实子共同创建了专营纸制品的“纸张实验室”。2010 年辞职独立。“纸张实验室”的工作，大到店铺运营、小到陈列设计，均由他一力承担。

Connections:
The Work of Landscape products
Play Mountain
Play Mountain.

Landscape Products* 的作品

中原慎一郎先生领导的 Landscape Products 公司的 DM 设计，总是十分简练，不华美，那种不刻意的感觉甚好。时尚而简练。能从中隐约感受到一丝诙谐的游戏之心，绝不故作姿态。那设计总透出一股无法形容的，小男孩般的感觉。

例如 2002 年的店铺搬迁通知卡，使用了优质的如同化妆品包装盒一般的香草奶油色宛如珀纸（VENT NOUVEAU，照片右下角）。正面用压凹方式印制了数个巨大的独角仙，正中央写着店铺名字。设计者江藤公昭先生说：

"昆虫的形态与颜色真是完美，非常漂亮。除了昆虫，自然界的动植物每一种都非常美丽，让人爱不释手。"

"我们就是这样一家满怀激情探寻美好事物的店铺。"虽然这句话并没有被写下来，但小小卡片胜于雄辩。独角仙无懈可击的美，我遗忘已久。不，更准确地说，直到今日我都未曾真正注意过。透过这张卡片，我仿佛能看到少年明亮的审美之眼，每次把卡片拿在手中我都觉得神清气爽。

* Landscape Products
中原慎一郎领导的设计公司，从事家具制作、店铺・办公室设计、画廊经营等。它以时尚的视角重新定位民间艺术等独特的设计活动，因而受到瞩目。2000 年开设店铺"Play Mountain"。

然后我忽然注意到，那店铺的名字是“Play Mountain”，直译过来是“游乐之山”。你看，果然有一颗男孩子爱玩的心藏在里面。

（2006年）

◈ Play Mountain
东京都涩谷区千驮谷3-52-5原宿New-sky-heights-annex#105。

正如123页所写，2007年，仍在Landscape Products公司就职的江藤公昭先生开办了专营纸制品的杂货店“纸张实验室”。我偶然间问起店铺的名片，没想到江藤先生一张接一张地拿了出来。

“店铺名片是用来传递‘当下的心情’的，所以频繁更换。最初用的是颇有韵味的毛边和纸，用活字排版印刷。刚开店时，很少有像我们一样愿意承接活字印刷的地方。没想到顾客不断上门订购活字印刷的厚名片。虽说有点狂妄，但我开店就是为了做别人做不到的事，现在大家都知道我们做活字印刷名片了，开始觉得接着做下去没什么意思了。”

于是第二张店铺名片一下子变成薄薄的便笺纸。活字用的是从旧金山购买的金属活字字体。当时的想法是：“没必要一味讲究纸质，不是吗？”到了第三张，店铺LOGO的字体也做出了大胆的改变。“为什么必须统一字体呢？以设计为卖点的店铺，LOGO当然可以经常进行改动吧。”到最后，请看127页的照片，都已经不用纸了。

“过分拘泥于纸，可能让人看不到本质。我们想要传递的是印刷

◆ 纸张实验室

东京都涩谷区千驮谷3-52-5 #140。

品的有趣之处，这更甚于纸本身。”

正因为爱，才要与纸保持一定的距离，这种心情我非常理解。他们的下一张名片究竟会是什么材质的呢？

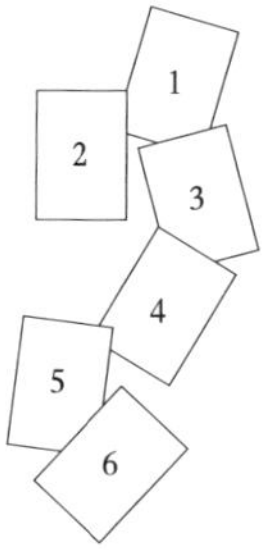

右页图片

1 机器制毛边和纸加活字印刷。当时极想使用有韵味的纸。

2 不想用“厚实”“手感好”的纸张，而使用了国际信件常用的便笺纸。

3 中等厚度的 NewCentury 纸，通常用于书籍封面。

4 开始觉得可以不必拘泥于纸质的时期。活字为私人定制。

5 觉得用贴纸也可以。因哥特体过于男性化而改变了字体。

6 胶片质地。已经不是纸张了。黑色金属箔的背面是银色。不使用纸张的印刷品一样值得欣赏。

PAPIER LABO.
www.papierlabo.com
PAPIER LABO.
#104 3-52-5
Sendagaya Shibuya-ku
Tokyo 151-0051
open: 12:00-19:00
closed: mon,tue
tel: 03-5411-1696
info@papierlabo.com
www.papierlabo.com
PAPIER LABO.
#104 3-52-5
Sendagaya Shibuya-ku
Tokyo 151-0051
open: 12:00-19:00
closed: mon,tue
tel: 03-5411-1696
info@papierlabo.com
www.papierlabo.com
PAPIER LABO.
PAPIER LABO.

10 Years ago and 10 Years after

CHIHARU

CHIHARU

艺人 · CHUM APARTMENT店主

◈ CHIHARU

作为艺人活跃在银幕上，同时从事图书、杂货、店铺等的策划制作。2005年开设了集咖啡、工作室与艺术沙龙于一体的“CHUM APARTMENT”。

CHUM APARTMENT

DM之美

DM好美！我清楚地记得我第一次有这种感觉的瞬间。

那是在CHIHARU家商量工作时，我们两个人坐在餐桌旁一如往常因意见相左而开始唾沫飞溅地激烈争执。

“总而言之我想说的就是这个。你把这个给我。”

餐桌的一角堆着很多广告单页和明信片。我拿起最上面一张打算用来记笔记时，CHIHARU一下子叫喊起来。

“别用这个写。这是很重要的东西。”

“这不是DM吗？反正要扔的。”

她深吸了一口气，用稍稍冷静了一点的声音回答道：

“也许它会带来什么灵感，所以我特意留着的。设计也很可爱。”

我吃了一惊，认真看着手里的明信片。法国花店的店面、市场上的草莓的特写、飞机的机翼、咖啡馆里一手托腮的女孩……这是15张照片制成的拼贴画，名叫“HUG Õ WäR”的店铺寄来的。

“我绝对拍不出这种照片，连模仿都模仿不来的设计呀。雅姬到底是怎么想到用这种角度来拍照片的呢？”

于是，我们就此聊了好一阵寄来那张 DM 的人，她是 CHIHARU 的老朋友、模特兼设计师雅姬。

DM，到底是看完就扔还是保存下来？DM 上有寄信人的想法和他要传递的信息。从那以后，我也变成 DM 保存派了。

前不久，CHIHARU 为自己将要开张的咖啡馆制作了开店邀请函和店铺名片，据说是自己亲自设计的。复古座椅、金属艺术品、有年代感的扶手等拼贴在一起。每个图案都来自她店里的装饰，而且故意挑选了曝光不足的照片。

开店前收到这张新鲜出炉、热气腾腾的卡片，我的盒子里又多了一张舍不得扔掉的 DM。

（2006 年）

对“睡袋人”的偏爱

“CHUM APARTMENT”已开张13年了。当年，CHIHARU曾两眼放光地说：“我要搞一个像过去巴黎的拉丁区那样的空间，它不只是一间咖啡馆，人们还可以在这里接触并学习手工艺、文学和各种艺术”。如她所愿，“CHUM APARTMENT”由整间仓库改造而成，巨大的空间里开设了陶瓷器皿的专柜，还有玻璃和皮革制品、织物、首饰等各式各样的手工艺作品展示。CHIHARU将“CHUM APARTMENT”打造成一个让人同时享受咖啡、酒和艺术的、与众不同的艺术空间。

十年前的采访中，她给我看了各种店铺的DM。它们原本是会被随手扔掉的东西，但她把那些美丽的、能够激发灵感的小广告小心保存起来。像她那样充满个性的人，如今最欣赏的是一个叫“睡袋人”的作品。

“有一个住在名古屋的女插画家兼作家，名叫MARU，二十年来一直专注于画‘睡袋人’这个角色。在她名古屋的公寓，有一间用来销售‘睡袋人’原画、布偶和周边产品的房间，我去看了之后越发喜欢，成了忠实粉丝。她在我家店里已经办过两次展示会了。”

◆ CHUM APARTMENT
东京都目黑区下目黑2-23-3。

9
OCTOBER
10

15厘米高的布偶都由MARU亲手缝制，娃娃的脸是用油性笔直接画的。还有可以抱着玩的绒毛玩具，有“睡袋人”图案的连衣裙，等等。商品品种多样，但图案只有“睡袋人”一种。她的粉丝已经从名古屋扩展到全日本，她本人常在各地举办个人展览或者展示会。她手工制作的布偶销量已数以千计。

“‘睡袋人’丑萌丑萌的，乍一看像是小孩子涂鸦，实际上却是大人的作品。我还买了原画。MARU女士真是个不可思议的人，在工作室一边和我说话，一边手下不停，一针一针地缝着‘睡袋人’。我问她这个‘睡袋人’有什么寓意，她说没有什么寓意，每个拿到它的人能够各自感受到什么就足够了。它既让人觉得亲切而熟悉，又充满潮流感。MARU画画的时候好像是在和纸张嬉戏。那一刻，我觉得她就像拥有孩子般感性的精灵。”

CHIHARU请MARU女士为“CHUM APARTMENT”制作了庆贺新年用的月历，每一页的角落里都隐藏着“睡袋人”，那是一本每到月底翻页的时候都让人很期待的“无力系”挂历。

CHIHARU不是艺术家。说起来，她更像是一个制作人。她会去发掘新人并在背后支持那些拥有坚定的自我世界观的作家或艺术家，无论对方是否有名。从她的咖啡店开张之日起，她就非常积极地扮演起这一角色。在这个过程中，她也许会动摇、会迷茫，会怀疑艺术的基准是什么之类的问题。也许正因如此,她才被“睡袋人”吸引。那是 MARU 女士不带一丝犹豫、一针一线坚持创作出来的不可思议的角色。

“‘睡袋人’就像我心中的小精灵，是孩提时代的幻想世界里的住客。”

CHIHARU 心中永远的朋友，被设计成现在她心中最重要的店铺的挂历。

最后，她说了这么一句:“总觉得这个‘睡袋人’有点像登生呢。”她轻声念叨着不在身边的儿子的名字，每个月在纸张中寻找儿子的模样。尽管 CHIHARU 立刻装傻遮掩起来，但我还是觉得这本挂历稍稍有了一些沉重感。

牛奶瓶纸盖上『小耳朵』的秘密

所有制造商生产的牛奶瓶纸盖的直径和厚度都有统一规定。用于印刷的油墨（即便是进口货）也必须保证安全。顺便提一句，瓶装纸盖生产的鼎盛时期是1955年至1965年。之后，纸盒装牛奶成了主流产品。

我极为喜爱公共浴池，每个月都会去世田谷的某个浴池泡一两次。每次泡完澡出来都会喝一瓶水果味牛奶或咖啡牛奶。孩子们小的时候会喝草莓牛奶。忽然，我对牛奶瓶上的纸盖子产生了疑问。

这个盖子是谁设计的呢？看上去每个都差不多，是不是有什么规定呢？为什么没有插图呢？为什么可以一层一层揭开呢？

于是我去咨询了日本乳制品容器·机器协会的工作人员。

据顾问青岛靖次先生介绍，第二次世界大战前日本的牛奶瓶盖子本来有金属和纸质两种。战争时期，因为金属改为配给制，就只做纸质瓶盖了。

据说最早的纸质瓶盖是从德国进口的。日本明明是纸浆大国，为什么要进口？

牛奶瓶盖的关键是密封性与防水性。如果仅将原料用纸重叠黏合在一起，会有细小的空隙，所以必须将厚度仅 1 毫米的纸进行多层成形抄造。当时日本的造纸厂没有那样的技术，只好进口。

到了昭和七年至八年（1932—1933），王子制纸公司研发出了这一造纸技术。日本也能自己生产纸质瓶盖了。据说这一技术后来被进一步开发用于制造火车票。确实，纸盖和过去的车票都是薄薄的纸张层叠在一起，但并不能一层层完美地剥离开，这就是因为使用了多层成形技术。

尚山堂是从大正年间就开始生产纸盖的大型老店，森永牛奶等乳制品大企业都用他家的纸盖。纸盖的设计一般由纸盖厂家负责，不过很多大型乳制品公司会使用自家独立的设计。

纸盖不用多色印刷，主要是为了削减成本。过去有一个时期曾流行过三色、四色印刷，现在基本上都是单色。

关于纸盖的大小及上面印制的内容有专门的规定。印字大小有规定是为了让大众容易看清，这时不可以标新立异。因为必须标识的内容有11项之多，所以盖子上写不下，也可以印在容器的塑料包装部分。

纸盖用纸必须是“白板纸”。据说从昭和时期以来，日本纸盖一直使用同一种纸张。牛奶瓶的盖子会令人有怀旧感，除本身数量较少，设计与纸质一直没有变化也是个原因。

更有意思的是纸盖上的“小耳朵”的变迁。过去曾有铁丝、扁丝带、纸带做的“小耳朵”，但没有一个能够长久，因为只要装上“小耳朵”必然导致生产力降低。虽说消费者不断抱怨“用指甲抠或者用锥子挑太麻烦了，请想想办法吧”，但最终日本厚生省给出“出于卫生考虑，不容易打开才好”的理由，让纸盖的样子维持至今。据说有些地区保留着盖子上特殊的“小耳朵”，但东京都和大阪府两地都是禁止的。

“小耳朵”也好、瓶盖设计也好，不同乳制品公司的产品会有一些细微的不同，也许就是这种不同勾起了收藏者的兴趣，最近居然出现了专门介绍牛奶瓶盖的书。

关于牛奶瓶盖用纸的开发，背后有着“闻者伤心、说者流泪”的故事，我打算下次去王子制纸公司采访时了解一下。也许正因为乳制品容器协会的成员为了那圆圆的纸盖子付出了不懈努力，美味的牛奶才得以保持卫生的状态吧。

第三章　拜访纸神大人

令人向往的蓝色纸袋。
实现真正的『奢华』，
资生堂 PARLOUR 的包装秘密

资生堂 PARLOUR 的包装

SHISEIDO

我女儿的朋友要来家里住一晚。两个女孩子一聊天就没完，可以一直聊到早上，是那种看到筷子掉了也可以笑个不停的高中生。我趁工作间隙，就着家里现成的材料给她俩做了一顿晚饭。第二天早上，女儿的朋友临走前笑着对我说"多谢款待"，那爽朗的笑容真叫人心旷神怡。

两天后，家里收到一个蓝色纸袋装的快件。是那个女孩素未谋面的妈妈寄来的。打开袋子，我不禁哇的一声叫出来，不是夸张，是真的发出了声音。只见华丽典雅的红蓝双色唐草纹样的方盒上系着蓝色丝带。蓝色的纸袋和唐草纹的设计充满强势的征服感，和我原先所知的完全不同。我被眼前的盒子迷住了。将前卫与典雅各自发挥到极致再进行融合，居然能产生如此美丽的艺术品。色彩、纸质、包装方法、蓝色的丝带与烫金的字体，一切都完美得无懈可击。盒子里装的是资生堂 PARLOUR 的 LA GANACHE。顺滑的巧克力在嘴里轻轻融化，可可的风味瞬间溢满口腔。

那时，我了解到令人心生向往的资生堂 PARLOUR 的包装在仲条正义*的主导下，时隔二十五年进行了大幅度革新。当年，蓝色曾经被食品包装界视为禁忌，但在仲条先生的创意下它成了超越万人

* 仲条正义（Nakajo Masayoshi）
1933 年生于东京。1956 年毕业于东京艺术大学美术系图案科，同年进入资生堂。1961 年成立仲条设计事务所。设计活动以平面设计为主，主要设计项目有资生堂企业文化杂志《花椿》、资生堂 PARLOUR 的 LOGO 及包装设计、松屋银座、华歌尔 SPIRAL、东京都现代美术馆的 CI 艺术监制及设计、东京银座资生堂大厦的标志及设计计划等。

想象的，充满好客精神的设计。现在仲条先生再一次担任总设计师，令人备感安心。

那个女孩的妈妈也是职业女性，工作繁忙。即便如此，仍在百忙之中为了这一抹蓝色而特地跑了一趟百货店，她的这份心意让我感动。礼物中还附着一张卡片，写着：“女儿承蒙您照顾，希望她们今后也一直是彼此的好友”。真惭愧，我并没有那么用心招待。我曾在十六年前参与了《共同辉煌》（现资生堂顾问弦间明著，求龙堂出版）一书的出版工作,此后一直为资生堂的商业设计倾倒。正因如此，女孩妈妈的一番心意让我满心欢喜。当自己由衷地想用小礼物向对方表示感谢时，资生堂 PARLOUR 的包装设计可以给对方带去超乎想象的喜悦。百年华丽老店的自豪、银座的骄傲、传统与革新、轻快、美味，一切都通过设计展现出来。

有人会觉得我过于夸张。但女孩妈妈用资生堂 PARLOUR 表达的感谢，真是令我格外高兴。此时，回想起女孩那充满青春活力的爽朗笑容，我也不禁笑了。

那之后不久，我为了心中的这份感动，再次走访了刚刚完成革新的资生堂的创业地——资生堂 PARLOUR 银座总店。

1872 年，福原有信在银座创办了全日本第一家西式配方药铺，起名为资生堂。随后，他在一次赴美考察时看到一家药店兼营苏打水与冰激凌而获得灵感，于 1902 年开始在自家药铺一角销售当时日本较为罕见的冰激凌，并在店内安置了特地从美国引进的苏打水制造机，卖出了全日本第一杯苏打水。

资生堂 PARLOUR 经营策划本部负责宣传的小番千荣先生说道：

“据说当时的主要客户是新桥的艺伎们。可能是因为我们的玻璃杯、勺子、调味用的糖浆都是直接从美国进口的，艺伎们比较追捧舶来品，所以她们会喜爱我们的产品吧。”

那时的盛况造就了今日的资生堂。坚持在同一场所经营餐饮的百年老店不少，但是像资生堂一样在银座这个特别的地区开业百年以上，是少之又少的。

资生堂自创业之始直到现在没有变化的，除了经营场所和形态等实际可见的东西，还有第一代社长福原信三 * 对“包装”与“广告”的一贯主张。秉承父亲的宗旨，福原社长反复对自己的员工强调：

* 福原信三（Fukuhara Shinzo）

1883—1948。资生堂第一任社长，创设了化妆品部门、创意部（现在的宣传·设计部）、实验室（现在的研究中心），是今天资生堂事业的奠基人。他将父亲经营的资生堂药铺成功转型为化妆品公司，是一名实业家，同时精通摄影、绘画、设计等，是一个有极高审美意识的文化人。

1990 年至 2015 年使用的包装设计。鲜艳热烈的蓝金组合建立起了资生堂 PARLOUR 引领时代潮流的形象。

包装纸的试样。整个设计过程使用实物进行，针对条纹的粗细与间隔进行反复调整，使用彩色复印反复扩大缩小，比例往往只有 98%、97% 这样的微妙差别。

仲条先生亲手设计的芝士蛋糕包装样板。设计过程不完全依赖电脑，而是实际在纸张上剪贴，调整包括条纹间隔在内的各种细节。业务中需要和同事联系时也不使用邮件，而是使用传真或者电话。

“包装绝不可以用廉价之物。必须保持精神上的‘奢华’。”

这个“奢华”是贯穿资生堂所有广告设计的核心精神。例如，资生堂的香皂被放在一个名叫“美妆箱”的纸质盒子里，盒子表面是山茶、蝴蝶与唐草的纹样。山名文夫（231 页）设计的 18 世纪法国洛可可风格的唐草纹，不仅被用于 DE LUXE 化妆品系列 * 的外包装，也是资生堂一直以来构筑洗练的企业形象的基石。流水般纤细的线条、时尚而优美的连续纹样、充分利用了余白优势的简洁唐草纹，可以说是将福原信三提倡的“奢华”发挥到极致的、具象化的艺术表现。

1990 年，仲条正义先生以远远领先于时代的设计理念，将蓝色与金色组合在一起，用于资生堂 PARLOUR 的西式点心包装。银座自不必说，日本任何一个城镇、车站、机场都可以看到那华贵典雅的蓝色纸袋，距离很远人们也能一眼分辨出来。不了解相关历史的人也能从这个袋子感受到奢华的追求。

仲条先生毕业于东京艺术大学美术系图案科，1956 年进入资生堂宣传部。1960 年独立之后一直负责资生堂的企业文化杂志《花椿》，并担任 THE GINZA 系列护肤品包装的艺术指导。仲条先生与之前的

* DE LUXE 化妆品
1932 年上市，代表第二次世界大战前资生堂化妆品的最高峰。瓶盖上象征资生堂风格的唐草纹，是在比亚兹莱（Beardsley）为代表的西欧设计的基础上，将传统的唐草纹样加以精简提炼而成。

山名文夫先生一样，精准地抓住了资生堂风格，或者说资生堂品位的本质，以具象的形态呈现出与银座共存共荣的资生堂的企业精神。

关于资生堂时隔25年再次邀请仲条先生负责设计革新，小番先生说了这样一个插曲：

“现在资生堂PARLOUR的总经理铃木真先生，25年前是商品研发的负责人。当时敝公司邀请了仲条先生进行包装设计，仲条先生和铃木先生二人齐心协力创造出了那种激动人心的蓝色。这一次，铃木先生成了总经理，当公司决定要更新包装设计时，为了超越之前的设计，他无论如何都希望再次请到仲条先生。”

一个员工与一个设计师的邂逅，孕育了新的奢华。身为忠实的资生堂品牌拥护者，我从心底为这幸福之缘高兴。

设计更新后的资生堂 PARLOUR 购物袋。这种铿锵有力的蓝色别名“PARLOUR 蓝”。原设计为蓝 + 金（149 页），更新后大胆地加上了黑色条纹。

铿锵有力而又华丽典雅的新形象

“仲条先生会主动给出各种方案，我们没有听说过的、想象不到的新点子一个接一个地被他抛出来。83 岁高龄的他，构思、理念以及对事物的看法，比我们任何一个人都要时尚且具灵活性。像我这种人最多只能勉强跟上他的脚步。不知道有多少次被他批评说：‘你们都太正统了，设计太朴实太不起眼了。’”参与了设计革新的商品策划部职员新田里子女士回忆说。

拜托仲条重新设计时，公司方面提出了两点要求。一是围绕着东京奥运会突出日本风格，二是扩大客户的年龄层。

广告设计委托人只给出如此粗略的要求，不免让我有些失望。其实那是有原因的。

“仲条先生设计时会将品牌建构纳入考虑范畴。即使我们不说，仲条先生也会非常重视资生堂这个品牌。实际也是如此，一起设计的过程中，我们这些员工只有学习的分儿，明明是自己公司的事情，反要由外援仲条先生来教导。”

这次设计革新要修改25年来一直深受大众喜爱的经典设计，对此新田女士抱有巨大的不安与迷茫，而仲条先生轻易地越过了这一难关，不断地给予设计人员新的建议。

对于银座不同于纽约、巴黎的特有的风格，仲条先生指出：要不失银座风格，又要高雅而独特；并非推翻旧设计，而是既怀旧又前卫新颖；能让海外的顾客也感受到产品的美味，用包装设计体现商品的内涵；要抛弃对所谓“优良传统”的坚持，重新进行思考。令人印象特别深刻的还有下面这句话：

“资生堂不是包装盒专卖店。1000日元的点心不能用太过分的设计。包装必须和内在的商品相称。”

外包装要体现并传达出内在商品的美味，这一真诚的姿态让设计者回到设计的原点。正因为仲条先生长期从事资生堂的包装设计，才能做到这一点。

让怀旧与前卫并存的仲条先生的理念是“银座先锋派”。这个想法源自1917年俄国革命前后兴起的俄罗斯先锋派艺术运动。仲条先生汲取了当时社会运动中使用的绘画或海报中的怀旧感，在此基础上添加了新银座高贵优雅的魅力元素。设计中得到特别重视的竖条纹是资生堂 PARLOUR 不变的基本形，仲条先生解释说："只要改变彩条和相邻条纹的幅宽并重复排列，就会彻底改变设计表现力。在变化无限的条纹图案中，只有这一种是资生堂 PARLOUR 固有的。"

对于 25 年前的设计，仲条先生在接受笔者采访时说：

"当时高级点心的包装流行使用 Script 手写英文字体和白色底色，来体现所谓的纤细与优雅。但是我认为优雅绝不等于弱不禁风。我认为 LOGO 应当更强有力，色彩必须强势，所以选择了金色为基本色。然后尝试了红 + 金、黄 + 金、白 + 金等，不断试验，最终选择了 Cyan 度 * 接近 100% 的蓝色。"

前不久我从女儿朋友的母亲那里收到的 LA GANACHE 的包装，释放出的正是这独一无二的强有力的气度。我终于了解了自己为何会发出赞叹——我是被这再度打磨后的设计展现出的强势又华丽的优雅所感动了。

仲条先生的作品让变化与传承得到完美升华，必将深受大众喜爱，即使在百年之后，它仍会在资生堂 PARLOUR 继续发出灿烂的光。

* Cyan 度
彩色印刷时可采用的 CYMK 套色模式，以三原色加黑色而成。C=Cyan，青色；Y=Yellow，黄色；M=Magenta，洋红；K=black，黑色。
——编注

◆ 资生堂 PARLOUR
银座总店，东京都中央区银座 8-8-3。

活字印刷店第三代传人，
今天也在与油墨和印刷机格斗

菊川印刷

作为家中长子的渡边健先生在为报社的广告排版公司工作的第六个年头，他的父亲因为脑梗死倒下，从此成了不归人。

“父亲一个人在自家住宅的底楼开了一家小印刷铺，承接活字印刷发票、信封的工作，他去世的时候60岁。我一开始想把铺子关了。我们经营的是办公用品印刷，有很多老客户。从1966年开业到现在，让人不忍关掉，于是我匆忙决定继承父业。”

按渡边先生的话说，就是突然从“铺天盖地的数码世界”一下子穿越回没有数码的古董现场，他完全没有头绪，连活字印刷机的使用和调节方法都要请教业内专家，从零开始学习，最初的一两年完全是摸着石头过河的状态。

“真是从没想过自己会做这种原始的工作。我父亲使用锌凸版*，操作过程中需要使用烈性药剂，所以同行业者已经不用了，现在多用更为方便的树脂版**。但实际印刷过后我能感受到，使用锌凸版的话，较硬的纸张也可以施以强压，压力和颜色都能随意更改，比使用树脂版的自由度更大。我觉得这是很有意思的印刷方式。”

2007年，“活字复兴展”（11页）在世田谷文化生活信息中心的生活工坊举办。那是设计师和艺术家们的活字印刷作品的展览，在

* 锌凸版
在锌版上用照相的方法将图像和文字印上去，然后用硝酸进行腐蚀得到凹凸的金属印版。可以制作LOGO、独创字体、插画。常用于活字印刷。

** 树脂版
将底片贴在感光性树脂版上制成的凸版。现在使用CTP制版机可以非常迅速地制成树脂版。用途广泛，可用于贴纸、标签、金属罐、塑料容器等。

那之前的几年，部分创作者中出现了活字印刷的热潮。但是渡边先生并不知道当时的这股潮流。对他来说，活字印刷并不是兴趣爱好、休闲活动，而是养家糊口的依靠。当他接到订单，不能以“还没习惯这个工作所以印花了”这种借口搪塞。他正如父亲那样，既然接手了这份工作就要交出专业的完美印刷品，而且必须进一步提高印刷铺的信誉。凭借这个信念，他开始忘我地钻研活字印刷技术。

“我只能不断地提升自我。油墨的调和度会因为冬夏温差而产生硬度上的不同，这种差异只有自己亲自进行上百次的调配才能明白。我现在能做的，只有积累经验。”

开在平民区的意义

渡边先生经营的菊川印刷铺位于墨田区菊川附近的工匠聚居区，那里印刷加工业的工匠尤其多。附近有照相排版店、制版店、制模店、油墨材料店、标牌切割加工店等。还有维多切割加工店。维多这个名字，源于他们用维多利亚型印刷机进行纸张切割。

“这些工匠邻居教会了我很多东西，给了我莫大的帮助。我总在梦想，如果有一天能把这些分散在各处的工匠们聚到一起做件事就好了。”

渡边先生从事报纸的印刷校正工作之前，曾在平民区的胶印印刷厂做过调配油墨的工作。当时调配专色的感觉对他现在的工作仍有帮助。无论什么样的难题、多么奇异的设计，他都不会说“做不了”，而是一直钻研改进，令顾客满意。渡边先生在平面设计师那里深受好评，名声越来越大，订单也从原先的发票、信封，发展到创作者的名片、服饰品牌的DM、时装秀和展示会的请柬等。订单开始如雪花般从各个领域飞来。

我去采访的时候，他的桌子上摆着尤尔根·莱尔（Jurgen Lehl）、

德国海德堡印刷机械公司制造的活字印刷机 PLATEN。“因为现在已经停产了，所以这台机器如果坏了就完了。不过它可真结实。”（渡边先生）

菊川印刷印制的纸制品。（照片从下至上）鹿儿岛睦先生设计的杯垫、METERIAL 咖啡馆的咖啡滤纸、IIDA 伞店的 DM。

鹿儿岛睦先生（陶艺家）等艺术家和作家的名片，以及IIDA伞店、佳能、太宰府天满宫等耳熟能详的品牌的DM。据说前几天还突然来了一个法国摄影师要求印制名片。

“我英文不好，两个人只能用只言片语交流，总算做出了他想要的名片。他那天还带了一张别的艺术家朋友的名片，拿出来一看也是我这儿印的。他非常惊讶。”

话音未落，忽然响起了一个小女孩的声音：“爸爸跟我玩！”从二楼下来了一个小女孩。“现在有客人，你等一等哦。”渡边先生瞬间变成一个温柔的爸爸。

渡边先生小时候一定也常常这样走进工作间，来到满身油墨、大汗淋漓的父亲身边吧。估计平民区里这些家族经营的小印刷铺的人们都过着这样的生活。我从心底祈愿这样的生活不要消失。渡边先生的活力与专注、热情让我看到了属于活字印刷的巨大希望。

我拉开金属门走到铺子外面，对面的人家门口种着一排小树，二楼房檐下晾晒的衣物随风轻扬。渡边先生一个人继承了父亲的事业，专注于眼前的工作，勤勤恳恳地不断努力。渡边家的小女孩就看着爸爸这样的背影成长着。我真想告诉她：“你爸爸在印的是了不起的人和了不起的公司的东西呢！”就算我不说，她爸爸的“了不起”也一定能通过那背影传递出来。行内人都知道，平民区菊川印刷这间小小活字印刷铺的第三代传人，明年将迎来接手店铺的第十个年头。作为一个工匠，他将迎来收获更为丰厚的季节。

◈ 菊川印刷

东京都墨田区菊川 2-15-6。

左侧图片

有两个女儿，她们分别在上小学和幼儿园。店铺二楼是自家住宅。工作间隙也会在家门前的路上陪孩子玩。

印刷用的油墨 NCPF · Gloss。作为 DIC Color Guide 配色卡的基准色而闻名。要将这些颜色调配出客户所需要的颜色是极其困难的工作。

种楮抄纸。
拜访天真烂漫的和纸制作家

森田千晶女士（和纸制作家）

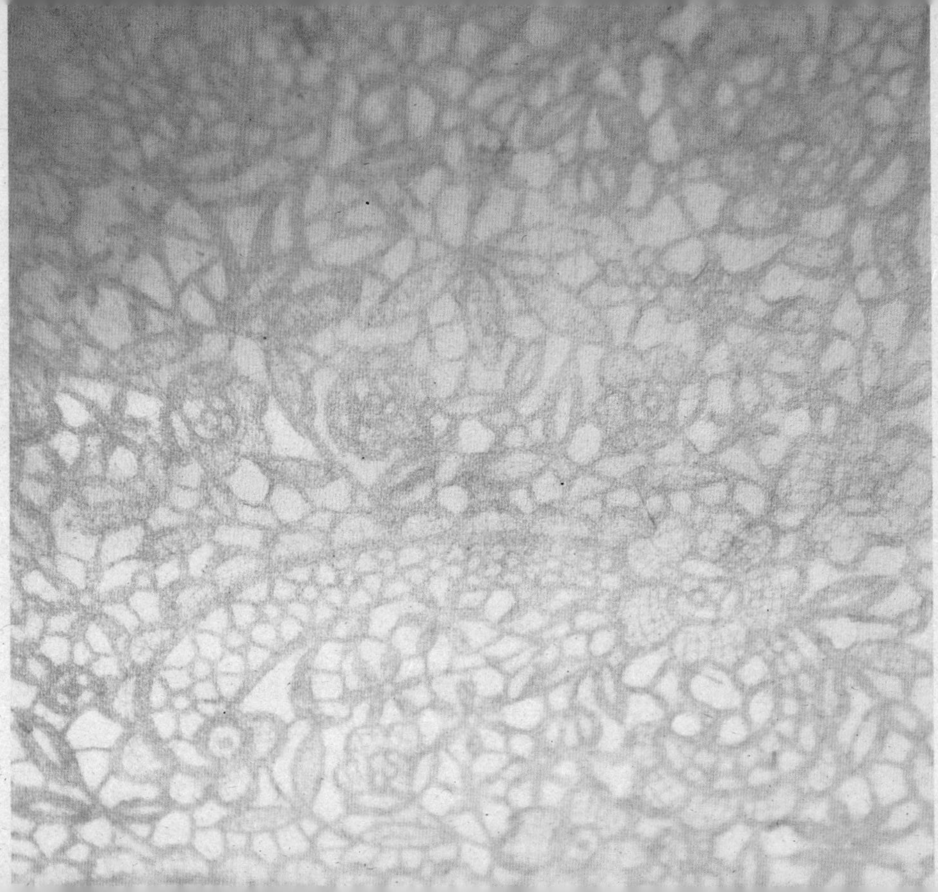

一个晴朗的周日，我为了参观陶器制作家熊谷幸治先生和和纸制作家森田千晶女士的展览“土·纸”，来到位于西荻窪的水之空画廊。森田女士现在居住在埼玉县坂户市一栋由公寓改建的工作室里，院子里种植着作为和纸原料的楮树，她在工作室手工抄纸造纸。

传统工艺、日本文化、厚实、昂贵……我对和纸一直抱有上述印象，所以当我在会场第一次看到有如蕾丝衣裙般轻盈雅致的和纸，着实吃了一惊，等我见到在会场活力四射地和参观者谈笑风生的森田女士，更是惊讶不已。和纸居然能做得如此自在随心吗？那个造纸从栽培楮树开始的人，居然是眼前这个精神焕发的现代派年轻女性吗？

森田女士制造的和纸轻薄透明，如纺织品般美丽。那些用和纸制作的精致可爱的耳坠和项链，还有像北欧挂毯一般时尚又美丽的和纸窗帘和挂毯，让人无法相信自己的眼睛。被誉为千年不腐的厚实和纸，这一次在我面前展现出完全不同的一面。这令我对这薄如蝉翼、吹弹可破的纸蕾丝，以及那位自由自在、天真烂漫，不断倡导设计、使用新和纸的森田女士产生了兴趣。

◈ 森田千晶（Morita Chiaki）
和纸制作家。先在首饰设计公司工作，后赴荷兰学习美术，之后开始创作活动。她的作品以传统蕾丝模型上加上孔版画挖孔模抄造而成的“蕾丝和纸”为主，同时也制作能够充分利用纸张本身质地与手感的纸制作品。

将和纸视为首饰的材料

森田女士的工作室兼住宅在铁路线旁边。13 年前，她将自家五十多年前建造的公寓的二楼三间屋子改造成了工作室。打开窗户，眼前是一片农田。南窗和东窗都有清风习习，营造出一个明亮而舒适的空间。

“这栋小公寓没有浴室，厕所也是几户公用的。父亲退休时，我从东京搬回来住了。父亲帮着我一起拆墙一起改造。周围都是田地，没有遮挡视线的建筑，加之工作室在二楼，可以看见天空，真是大有助益。”

森田女士在女子美术大学短期大学学习了金属雕刻，毕业后在珠宝公司工作，负责策划设计。她老家附近的小川町是和纸的产地，有一次她回家探亲时，偶然参加了小川町一家和纸工作室的四天体验活动。那次活动成了她人生的转折点。

“那次体验活动是从剥、敲打、蒸煮楮树皮开始的，我因此对从零开始创造一件东西产生了兴趣。我第一次发现创作居然可以不用买材料。当时我从事制作首饰的工作，需要买银制的板或者棍子做

右侧图片
在旧公寓改造的工作室里抄造和纸的森田女士。眼前是农田。四周的窗户会透进光线，涌入清风，但在大冬天进行冷水作业，也需要与寒冷搏斗。

和纸做的蕾丝耳坠。拥有金属无法具备的轻盈与纤细，可以在耳边演绎出各种风情。

原料，我不知道那些银制材料从何而来。而和纸可以从头开始自己做出来。只要有土壤，即使种树的人什么都不干，楮树一年也能长三米。创作的材料居然能够由自己培育出来，真是太厉害了。这让我非常惊讶。”

于是在那一年，28岁的她辞职离开东京，回到了老家。她先在和纸工作室里帮工，在和纸工匠的指导下积累了八年的经验，之后又去荷兰学习了纸张制作与设计，迈出了她作为和纸制作家的第一步。

“一开始我就在想，能不能将纸张作为首饰的材料。如果和纸只是目前这个样子，就只有很少一部分人才会用。我想让普通大众也使用和纸，为此必须给出一些和纸用法的建议才行。所以我提出用和纸制作我们身边的日常用品，例如可以佩戴的首饰或是日常使用的东西。”

我觉得在她心里，和纸不只是一种脱胎于传统工艺的特殊素材，更是拥有极大创作自由度、极大可能性的材料。其证据是她现在想要制作的东西：

“我在想，要是能用和纸做衣柜之类的家具一定很有意思。和纸

对纸张抄造后留下的“残骸”进行烘干而成。森田女士说：“这样的纸张大人，就算想刻意制作也做不出来的。”

窗帘现在是作为艺术作品展示的，我希望有朝一日能将其变成商品。”

森田女士的代表作，是她从经典和纸镂空花纹中获得灵感制作的蕾丝和纸。她以传统蕾丝模加上孔版画挖孔模，然后在抄造湿纸时将制好的花纹模板架在上面完成制作。小到杯垫、灯罩、餐垫，大到分隔房间用的挂毯，都可以使用这种纸张制作。森田女士说，关于和纸，她还有很多未探索的领域，和纸还有更大的可能性。

森田女士常常从早晨6点起，一直忘我地和纸张相处到深夜。

“我在静静流淌的时光中，思考用自己种植的楮树能够制作出什么样的东西。这是很认真的生活方式？哪里哪里，完全不是那样的。要是像您说的那样，我该去深山老林里生活。”

森田女士爽朗地笑着说道。楮树长得极快，所以收割、剥皮、烘干等要做的事情一件接一件，她的生活根本不是我们想象中“悠闲的日常生活”。这种“靠天吃天”的工作一年到头都很忙碌。

“看着不断长高的楮树我心里会很焦急。一天也不能偷懒。我每天都从这生命力无比旺盛的楮树身上获取着能量。”

看着这样的她，我问她喜欢什么样的纸，没想到得到了一个有

右侧图片
森田女士的工作室“Atelier Senrowaki”（铁路边工作室），位于埼玉县坂户市。高丽川与越边川两条河流流经该市，到处是悠悠农田。右侧的院子里种着楮树与结香。

趣的回答。

“日本的纸币。日本的纸币使用的材料是结香，花纹与印刷工艺极为复杂，色彩也极为美丽，加之十分耐用，真是越看越喜爱，我觉得这在世界范围内都是值得自豪的美丽纸币。”

还有一个答案，是她在群马县的山里漫步时从空中飘来的一张“纸”。一开始她以为是纸，结果不是。

“那是白桦树皮。我当时真的想说：‘啊！一张纸！’但捡起来一看不是。它如纸一般轻薄美丽，自然的造物真是完美到无法模仿。你看，就是这个。”

这片白桦树皮放在工作室的一角，宛如一件工艺品。白桦树皮和一万日元的纸币。森田女士能够从我们平时毫不在意的平凡之物中发现美，新锐和纸制作家的创造源泉就隐藏在这一个个常常被忽视的瞬间中。

干燥后的楮树。在剥掉绿色外皮后，楮树的内部是白色的。放置两周晾干贮藏。使用时取出蒸煮使纤维变得更为细腻，制成造纸的原料。

新纸的命名与设计是如何完成的？

纸张专卖店及其回答

竹尾

NT Hosoori GA
NTほそおりGA / ひまわり
S-Vellum Color
Leathac 66

25 年前，我进入出版社工作。上班第一天，我看着用来确定杂志和图书页面排版的发稿单，问我的上司:“1C、4C 是什么？”“这，这都不知道？”上司真是惊呆了。“1C”指的是只用一个颜色印刷，也就是单色印刷。4C 就是四色印刷。第一次接触出版业，我面前到处都是印刷专业术语，这让我如堕五里雾中。

让我最为惊讶、至今印象深刻的一大发现是：纸居然都有名字！

无论做杂志还是图书，最初大多是从纸的选择开始做预算，因为纸的成本在印刷经费中占有极大的比例。在预算会议上，经常能听到平面设计师与编辑之间有此类对话:“至少环衬用宛如珀行不行啊？”“超出预算了。”这里说的“宛如珀”就是一种纸的名字，它看上去有一定的厚度，但是非常轻，手感也很好，极适合用于印刷，上世纪 90 年代上市以来一直大受欢迎。这是日清纺纸业公司和专营纸张的竹尾商社（TAKEO）共同开发的商品。

“看上去不过是一张张白纸，居然都有各自的名字啊！”我当时惊讶极了。

这些纸张的名字到底是谁起的呢？纸张也会有停产一说，那么新的纸张是如何开发并诞生的呢？

想知道这些事，没有比问竹尾公司更好的选择了。

只要是设计师，没有人不知道竹尾公司，不过跟出版印刷界毫无瓜葛的人估计听都没有听说过。竹尾的陈列室兼纸样总店谁都可以进去买东西，但我去的时候发现，店里的顾客大多是美术大学学生或者跟设计相关的人士。因为他们向店员提出的往往是指定纸张的品牌名和重量之类的专业问题，一听就知道了。

对于热爱纸的人来说，进了竹尾的店铺会犹如置身天堂。竹尾公司以一个搬运纸张的少年“纸小僧”为商标，在经营纸张的日本商社中可算是代表性企业了。我决定去竹尾采访。

纸的理念

1964 年东京奥林匹克运动会的那一年，在日本被称为“平面设计拉开帷幕之年”，当时的奥运海报就使用了竹尾的“MASAGO OPAQUE”。十年前我在写作前一版《纸神》时，曾问过竹尾公司当

进行特殊印刷加工后，纸会增加不同的手感与质感，纸的表情瞬间变得丰富起来。竹尾在开发产品时，不仅仅注重质感，同时会考虑纸张的加工适应度。照片中梯子的图案是烫金的，梯子下方凸起的部分使用了压凹工艺。（设计：《文艺春秋》设计部大久保明子）

时的董事栗原耕治先生：“纸是由谁来起名的？”

我这个唐突的问题，让习惯了平面设计类专业杂志采访的栗原先生一时语塞，他苦笑道：

“一般来说商品名称是公司内部公开征集的，也有负责部门或项目开发组自己起名的，有时还会由参与开发的外聘创作者来起名。每年年底，公司内部会对好的名字进行表彰，颁布‘竹尾品质奖’，自荐、推荐都可以。”

近来成为热议话题的新产品“Luminescence”是竹尾公司耗费了大量心血完成的一个大项目。其设计理念是“终极之白”。他们与公司外聘创作者共同开发的这种纸张，白度超过了100%。纸张的白度，指的是当光线照射到标准白色板上产生反射光，用其反射率来表示纸张亮度的一个指标，由ISO国际标准认证。拥有超群白度的“Luminescence”源于“制作世界上独一无二的白”的想法。它的名字是由外聘的创作者命名的。“lumi”让人联想到熠熠生辉的光芒，“nescence”据说是由“renaissance”（复兴）与“science”（科学）组合而成，这个新创造的复合词给人以女性化的纤细感。

“终极之白，对我们来说是永远的憧憬，是长久以来的梦想。”

栗原先生说。

当时，再生纸风格的纸张已经运用到泛滥的地步，图书设计领域又开始出现白色设计。恰逢美妆领域也出现了美白热潮。竹尾注意到时代开始追捧白色，因此着手进行“Luminescence”的开发。新纸品的策划往往是与时代的潮流紧密相连的。

据说，开发新纸时最令人费心的不是技术，而是“理念”。白色的纸要白到什么程度，拥有怎样的性格与质感？越是单纯的颜色，其理念越难以确定。

这一次采访，我又问了一些关于纸的策划开发与销售的问题。竹尾策划部部长青柳晃一先生说：

“我们经营特种纸*，光等着顾客上门是不行的。从1956年起，我们就在东京工商会议所、Art Forum 六本木和青山 SPIRAL 等地举办大规模的展览。不但展示新上市的纸，也展示图书、海报、包装等各种作品，让参观者能联想到纸张的各种使用方式。这就是我们的‘竹尾纸张秀’。”

可以说这是一个纸样集市，是日本独一无二的规模最大的纸张展示会。这个展示会向设计师们传播了一个理念，即使用特种纸可

* 特种纸
也叫 fine paper 或 fancy paper。拥有独特的质感和丰富的色彩，具有高度的装饰性，是将纸张本身的魅力发挥到最大限度的产品。

以提高平面设计作品的质量。现在这一展览在继续呼吁人们重新审视纸张的媒介价值，并尝试与顶级创作者们共同发掘新型纸张的可能性。

那么，纸张是以什么为中心开发的呢？

“应该是‘当下之感’吧。纸张的色彩平衡、光泽、柔韧度、手感与质感、浮雕工艺等别出心裁的设计，即使在当时是最好的，随着时间的流逝，给人的感觉与印象总会发生变化。因此我们会邀请各个时代的顶级创作者参与发表意见与监修，共同进行策划开发。与此同时，我们非常重视制作经典基本款纸品。”

竹尾在推荐纸张使用方法方面也颇下了一番功夫。策划部市场开发小组成员山根千春女士向我介绍了他们2013年开发的“气包纸”。

“当时市面上兼具强度等实用性与良好手感的包装盒用纸不多。因此我们邀请创作者及造纸厂家共同开发了这款纸张。它现在已经被广泛用于化妆品和日式点心的包装盒，以及图书、DM等领域。”

“气包纸”这个名字的意义是“能够‘包’裹送礼人心情的纸”。

任何一种纸张都有它独特的名字，其中包含着对市场的周密调查和对时代的分析，以及它诞生的故事。

右侧图片
无荧光的中性白。在具备了“保护”“搬运”“表现”之基本功能的同时，能够体现出“温暖”与“亲切”。建议作为包装纸使用。

“纸张将会消失，数字产品会取而代之”的说法由来已久。在这样的时代，青柳先生和山根女士却进入了纸张公司，以销售纸张为生。他们究竟怀有怎样的动机，怀抱着何种喜悦呢？进公司26年的青柳先生说：

“‘无纸化’这个词为人津津乐道，最近电子书也成了热议话题，当下确实已经不是写真集能卖50万册的时代了。但是商铺的小册子反而在增加。我们的客户基础构成发生了变化，普通老百姓也可以使用喷墨打印机自己进行印刷了。因此我们预感特种纸的需求会越来越大。这种以往只在印刷业界使用的生产物资，今后将成为个人客户使用的消费物资，这个层面的变化将会进一步扩大。因此我们的展览已不仅面向平面设计师，还会邀请建筑师共同策划，将纸张运用到室内装潢等更为广泛的领域。”

也就是说，他们坚信纸张有更为广阔的可能性。不可思议的是，和纸制作家森田千晶女士（168页）也说过同样的话。青柳先生的语气平实，没有喊口号式的高谈阔论，却充满经验与自信的人独有的分量，以及时刻直面时代潮流，对纸张有着透彻了解的人们所特有的毫不动摇。

进公司十年的山根女士说，她在美术大学上学时，就总是满怀兴奋地前往陈列着近2700种纸样的竹尾纸样总店。她爱读书，纸永远都是身边之物。“她和我一样，也是一个爱书爱纸的人啊。”听着她诉说的就职动机，我的心变得无比宁静。

我不想把数码视为眼中钉。但是数字产品无法留下痕迹与手感，无法通过触摸去感受。我想珍视纸传递出来的情感。这种情感会随着时代而变化、动摇。而青柳先生、山根女士的工作应该就是在这样的时代中，看清社会的需求、环境、信息等，然后让纸张实现商品化。竹尾有一款将丝线一起抄造在内的纸，名叫“TEMARI”*。这款纸的开发用了整整五年。既然是企业经营，他们不可能将成本核算置之度外。这种产品花费五年时间才问世，如今仍然留在市场上，就是因为日本纸张的品质、高度的设计性、品种的丰富受到了世界的关注与需要。

从竹尾回来的路上，我和十年前一样，非常庆幸自己去竹尾公司进行了采访。通过采访，我再次感受到竹尾那些可在世界上引以为傲的纸制品，是由那些无比热爱纸的人开发出来的。

* TEMARI
2011年上市的竹尾纸品。纸张抄造时，掺入多彩的丝线，并使丝线产生回旋感，制造出华美的花纹。

◆ 竹尾纸样总店（MIHONCHO HONTEN）
东京都千代田区神田锦町3-18-3，http://www.takeo.co.jp/。

※179页的PAPERCHIPS（竹尾纸张秀2005年作品）是作者本人的私有物品。

设立以来，
所有本社图书装帧皆亲力亲为的
新潮社装帧室的工作

新潮社装帧室

有很多次，看到一本设计不错的书，拿起来翻到卷末或者护封勒口就会发现“新潮社装帧室”字样。就我所知，只有新潮社是所有出版物都由自己公司的设计师负责装帧。用我的例子来说，本书是我的第 20 本书，这 20 本都是出版社请外聘设计师负责装帧的。新潮社有时也会聘请外部设计师进行设计，但一定会由本社装帧室指导或者管理进度。

装帧部部长黑田贵先生说：

“无论我社是自己设计，还是外聘设计师，只要是跟装帧相关的工作，我们装帧部都会参与。有时候书还没写出来，编辑就会来咨询。书出版后我们每天都能直接掌握销售情况。像我们装帧部这样从策划和成本计算阶段开始介入，一直到图书出版后的营销工作都会参与的装帧部门，应该是没有第二个了。”

上文的用词稍微有点混乱，容我解释一下。新潮社在 2006 年进行了部门名称变更，将“装帧室”改成了“装帧部”。不过大家都觉得以前的“装帧室”这个名字更合适，所以对外仍沿用“室”的叫法。装帧室现在有 11 名员工，他们在一个充满工作室氛围的房间里制作书本。我也觉得“装帧室”这个叫法更为吻合。

《想不到的事》，河野多惠子著，2015 年。书套上是烫金的书名。收录了 87 岁高龄的作者书写的三个短篇、诗歌和日记。宁静之美，将作者的文学世界转化成有形之物。

我去采访时，编辑和设计师正在电梯前的一张小桌子边讨论一个腰封的设计方案。一般的出版社通常都是用邮件把 PDF 文件发给外聘的设计师，如果有需要修改或其他情况，就通过电话沟通。在这里，因为大家都在公司内，所以能立刻面对面坐下，直接看着手里的方案讨论。这种即时性与亲和力是一大财富。设计方案打印出来后，编辑要是想找设计师谈话，那九成是想修改。于是往往会出现“要改！”“不改！”这样争执不下的局面。用邮件或者电话无法传达的微妙差别，编辑想着“好不容易做到这一步了，求你再努一把力”之类的热切愿望，在面对面时，更能通过言谈举止和表情态度传达给对方。装帧室提供了一个让大家更容易步调一致、制作出好作品的环境。坦率地说，眼前的这幅光景让我无比羡慕。

黑田先生说，装帧室的工作在出版发行的四个月前就启动了。

“我们的工作从听取读者愿望和编辑部的要求开始，讨论腰封文案、出版物名称的大小会议至少要开几十次。比起设计能力，我们跟编辑沟通的能力才是更为重要的。很多员工刚进我们部门的时候会说：‘本以为装帧部会有很多设计工作。’我一直对他们说，只想做设计的话，去当独立设计师吧。对公司来说，我们需要的是能够齐

左侧图片
当单行本发行超过 10 万册后，会制作 4 册皮革封面的纪念本，这是新潮社的传统。其中 2 册赠予作者，1 册保存于资料室闭架书库，还有 1 册陈列于总公司会客室的带锁玻璃门书柜里（189 页）。

心协力制作出让读者喜欢的作品的人。”

黑田先生 1995 年进入新潮社。据说装帧室的设计师们都向往着能负责一次文艺类图书的装帧，但听了黑田先生的介绍，我觉得难度极大。

“我们要思考如何用装帧体现内容。它绝不能让人联想到结局或关键，但又必须能巧妙地体现内容。既要有足够的魅力让读者产生拿起书看一看的冲动，又要能够让编辑和作者接受。‘差不多得了吧’是行不通的。”

我眼前似乎浮现出面对一册册图书努力奋斗，让自己的构思变得灵活再灵活的设计师们的身影。

采访时我眼前的一整张桌子上摆满了他们以往的代表作品。要不是在采访，我真想把每一本都从书套里拿出来翻上一翻，堵头布、书签带，把角角落落看个够。这种让爱书人垂涎三尺的优秀装帧，在这家历史悠久的出版社里可谓数不胜数。过去图书装帧行业有很多以工匠手工制作为主的家庭式作坊，承接小批量的工作，所以精装函套本是极为常见的，从书脊文字烫金到封面贴布等，他们能做出各种精致的装帧。现在就不行了。

当然，我不想就此断言还是过去的书好。在如今有限的预算下，要做出充满魅力、让读者产生阅读冲动的设计，还是有无限可能的。每次看到新潮社装帧室设计的书，我都会再次确信未来的装帧设计是有希望的，这不禁催人奋起，让我想要成为优秀的作者，让我的作品能获得这种优秀的装帧。

无论这个时代还能否制作精装书，装帧室里的设计师们对待书本的情感都不会有任何改变。新潮社一直坚持不为降低劳动成本而将装帧工作外包给其他公司。装帧室里一脉相承的企业精神与文化，正是得益于这种坚持。我觉得新潮社培育的不是技术，而是态度与思想。

每次发现一本装帧精良的书，一看又是新潮社的书，我甚至觉得有点不甘心，这里面的缘由我今天似乎终于得窥一斑了。

成员每人每月负责单行本、文库本共5册左右。有时光是护封的草图方案就要制作数十种，与责任编辑共同选择后，交由主编和出版部长共同商讨决定。

那枚美丽的邮票
是谁设计的？

日本邮政『传统工艺品系列』

82 NIPPON
82 NIPPON
82
82 NIPPON
82 NIPPON
82

当贴纸式的漫画邮票出现时，我仿佛掉进了失望的深渊。以前每去到一个地方，若是看到邮局，必定会进去逛一下，因为会有当地限量发行的邮票或是其他难以买到的邮品。我对邮票的爱好不过如此，但看到过于夸张而又天真童稚的漫画图案邮票，还是会像个保守的邮票藏家一样敬而远之。

众所周知，日本的主流邮票一般刷有背胶，只要蘸水就能粘贴。旅行时，即使手边没有胶水、糨糊也能邮寄信件。因为日本气候湿度大，邮票还使用了粘上后不容易剥离的胶水。改用贴纸形式之后，邮票变成了表面覆膜、亮泽光滑的纸质，失去了以往那种涂了背胶、略带脆弱的随意性，让我觉得索然无味。

“昭和三十年（1955 年）以后的印着菊花、水仙的 10 日元邮票多美啊，明明日本邮票也曾那么美丽，真是……”我开始逐渐远离邮票的世界。

但有一天，我见到了特种邮票“传统工艺品系列”*（以下简称传统工艺票）。邮票的图案有江户硝子（玻璃）的酒杯、加贺友禅的和服、岩手的南部铁器的照片。我立刻被吸引住了。“多美啊！”它们色彩丰富、极有冲击力，作为邮票，有绝对的存在感。谁能想到

* 传统工艺品系列

特种邮票。2012 年发行第一辑。现在出到第四辑。邮票为小全张，一套 10 张 820 日元。四辑一共发行了 70 万张。

一团漆黑的砚台和铁壶居然能构成这么美的画面呢。

我想见到设计出这些邮票的人。究竟是谁以什么样的目的创作的？那些工艺品是以什么样的标准选择的？我想问的问题堆积如山。我战战兢兢、诚惶诚恐地给日本邮政公司打了个电话，没想到轻易就得到了回答。

“邮票设计师一共有七个人，现在这个时期非常繁忙，恕难接待，一个月之后，工作告一段落，应该有时间接受采访。”

日本邮政原先毕竟是国有单位，我以为大概还需要走走关系什么的，没想到这么容易就联系到了采访。虽说邮票是国家发行的邮资付讫的官方证明，但听对方的意思，邮票设计界和我们出版界一样，也有淡旺季之分，于是觉得邮票设计师其实也是普通的手艺人，这么一想忽然就多了些许亲切感。

不久，我大胆地“闯入”了位于霞关一丁目、被日本经济产业省和财务省包围着的日本邮政公司总部。在接待处，除了我们几个采访人员，所有人一律穿着黑色或藏青色的西装。看着自己与周遭的不协调，我忽然不安起来：在这样一栋大楼里工作的设计师，真的是设计出那些美丽而大胆的邮票的人吗？

邮票设计师登场

丸山智（Maruyama Satoru）先生是日本邮政公司邮票·明信片办公室的邮票设计师，独自负责传统工艺票的设计。只见明亮的办公室的一角有一间设计室，设计师们在各自的电脑前默默忙碌着。“你们不听广播之类的吗？”对于我这个傻乎乎的问题，丸山先生失笑道：“确实想开个 J-WAVE 边听边干呢。”

传统工艺票一套 10 张，现在出到第四辑。顺便介绍一下，特种邮票是以宣传或介绍某些全国性的大型活动或文化遗产为目的发行的，纪念邮票则通常是为了纪念一些国家仪式发行的。传统工艺票属于前者，是经济产业省为了推进传统工艺品产业发展而建议邮政公司发行的。由于邮票的图案备受关注，它通常由相关国家部委给出各种方案，再由邮政公司商讨决定。

也就是说，特种邮票的发行属于国家事业。瑞典与日本建交 50 周年特种邮票的方案是由外务省提出的，国土交通省提出了北海道新干线开业纪念邮票的方案等。这些方案交由邮票·明信片办公室，在每月一次的邮票发行会议上确定设计方案等详细计划。发行数量由邮票·明信片办公室与营销部门联手决定。设计师也会出席发行会议。这样看来，会议好像挺多的。

“是的。我们不是只要进行设计就可以了。一旦题材定下来，内容的选择和相关沟通、著作权问题处理、摄影及摄影对象的准备等都由我们设计师来做。一张邮票从提出方案到完成要花半年的时间。印刷采取投标方式，准备工作也是我们做。因此有不少会议，还有很多必须按部就班进行的工作。传统工艺票这个系列是由法国的印刷公司印制的。进行色调校正之类的工作时，英语法语满天飞，真是太头疼了。”

原以为邮票设计师是一心对着那片方寸空间较劲，没想到他们的工作范围如此之大。日本每年发行四十多种特种邮票，其中还有一套10张的小全张。这么多工作仅由七位设计师分担，繁忙程度可想而知。丸山先生除了传统工艺票，还负责过一套名为“地方自治法施行60周年纪念系列”的“乡土邮票”*。日本47个都道府县，每处5张，总计耗时8年。

* 乡土邮票
以日本各地风土人情为主题的特种邮票。1989年起每年发行。到2007年为止以地域限定的方式发行，2008年起在全日本发行。

龟仓雄策*设计之深远意义

日本经济产业省指定的传统工艺品共有222种。经济产业省将每年11月定为传统工艺品宣传月，会举办各种普及活动。传统工艺票的图案是以宣传月推荐内容为中心选择10种进行设计的。令丸山先生煞费苦心的是如何处理入选工艺品形态各异、大小不同的问题。

“在只有3厘米见方的票面，画面过于讲究再打上阴影会显得太浓重。邮票必须让人离着15厘米、50厘米就能一眼看明白画的是什么。比如彩绘瓷盘，必须让人一看就知道是个圆形，是个盘子。因此，我在设计时去掉了所有背景，让画面尽量简洁明了。另外，工艺品小到毛笔大到衣柜都有，我刻意淡化这些物体本身的大小比例，尽量做成较为平面化的作品目录的感觉。”

色调方面，刻意提高了亮度。

“人类是以‘明暗差异’区分所见之物的。所以排版时特意提高了背景亮度，让物体形状更为清晰。”

发行小全张不能只设计单张邮票。10张邮票构成的一大张纸，这10张是横着放还是竖着排，是否要加上整体LOGO，10个图案以

*龟仓雄策（Kamekura Yusaku）
1960年参与组建了日本设计中心。他的手里诞生了许多深受喜爱的跨世纪作品，例如1964年东京奥运会和大阪世博会海报，NTT、明治制果、TOSTEM建材公司、GOOD DESIGN奖的LOGO等。左图为他设计的传统标志。

什么顺序排列，都是问题。这套古典的传统工艺票采用横向排列设计，这深深吸引了我。因为特种邮票几乎都是纵向排列的。

“日本人习惯按纵向顺序看东西，所以我故意将图案设计成横向排列，试图创造一些新鲜感，然后让‘传统工艺品系列’这几个LOGO文字纵向排列。在整个设计中，最让我心动的是龟仓雄策先生设计的传统标志。这个图案被经济产业省指定为传统工艺品统一标志。最初我没想使用它，但是设计完总觉得缺了点什么。于是忽然想到了这个标志，申请到使用许可后把它放在了LOGO文字的上方。一下子整体的紧凑感就出来了。就像1964年奥运会的海报一样，只用一个红色的圆，让人一望便知是日本。这令我再一次深深感到龟仓先生的厉害。”

丸山先生说着他的感想。他设计的邮票简洁明了，传统又时尚，有黑色的粗边框，仅用红黑两色表现出传统的木框架感。借助平面设计界巨匠的力量，传统工艺票终于完成了。

右侧图片
“传统工艺品系列”小全张余白部分设计方案之一。该方案中还没有放入龟仓雄策设计的“传统标志”，还处于“总觉得缺了点儿什么”（丸山）的状态。

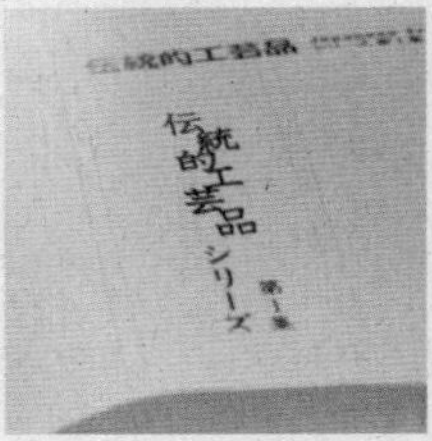

从漆器之路到邮票

丸山先生在东京艺术大学学习的是漆器工艺专业，在报考本校研究生院时，拜入增村纪一郎教授门下。增村纪一郎先生是一位漆器艺术家，日本“人间国宝”* 称号获得者。丸山先生在师父的指导下，获得过漆器作家奖，是一位颇受期待的年轻研究者。有一次，他偶然从母校的教授那里得知当时的邮政部要招一名邮票设计师，只要有教授推荐就可以报考。丸山先生向师父阐述了自己对漆器工艺前景的看法，最终选择了就职之路。

“就职考试分面试和素描技能考试。啊，面试就是在那个房间考的呢。”

丸山先生颇为感怀地眯起了眼睛。那是一间小小的、堆着杂物的屋子，在邮票·明信片办公室所在楼层的一个角落里。

1999 年进入邮政部，两年后他设计的第一张邮票上市。漆器与邮票，乍一看是截然不同的两个世界。如今看着负责传统工艺票设计的丸山先生，我不由思考这真的只是一个偶然吗？

丸山先生说，在就职之前他就一直觉得日本的邮票拥有着足以

* 人间国宝
日本重要非物质文化遗产的传承人。
——编注

傲视群雄的品质。

“日本公司的制造工艺，特别是印刷工艺极为出色。每一道工序的精细程度、质量都是世界顶级的。制造畅销商品当然很重要，但我认为邮票制作绝不仅仅是在生产商品，更是在创造文化。所以哪怕是一道印刷工序，也想精益求精地做出最好的东西。”

不是商品，是文化。从日本邮政部到日本邮政公司，前辈们的精神被后来者继承着。我相信，只要这个世界上还有邮筒存在，这种精神就会被永远传承下去。我明白自己为什么会被传统工艺品系列邮票如此强烈地吸引了。

对于前辈们留下的文化，丸山先生用一句话表达了他的信念。

“我想要继续守护那倾注于闲情逸致之上的高品质。”

包好送人，拆完事了。

包装纸的命运如朝露般短暂无常。

然而这短暂的存在，

承载着店铺的声望与自豪，

弥漫着时代的气息，

传达着好客的心情。

包裹着美味的配角，

离开主角也依然美丽而脱俗。

九段一口坂
てんわ(03)3265-8601
京風味

KAISHINDO
TEL. 231-1058
村上開新堂
寺町·二條
MK

珈琲と洋菓子

こけし屋

西荻窪駅前・電(3334)5111(代)

MONT-BLANC
mont blanc
洋菓子・喫茶
自由が丘（株）モンブラン
TEL.（3723）1181（代）
東京都目黒区自由が丘1ー29

GINZA SEMBIKIYA
GINZA SEMBIKIYA

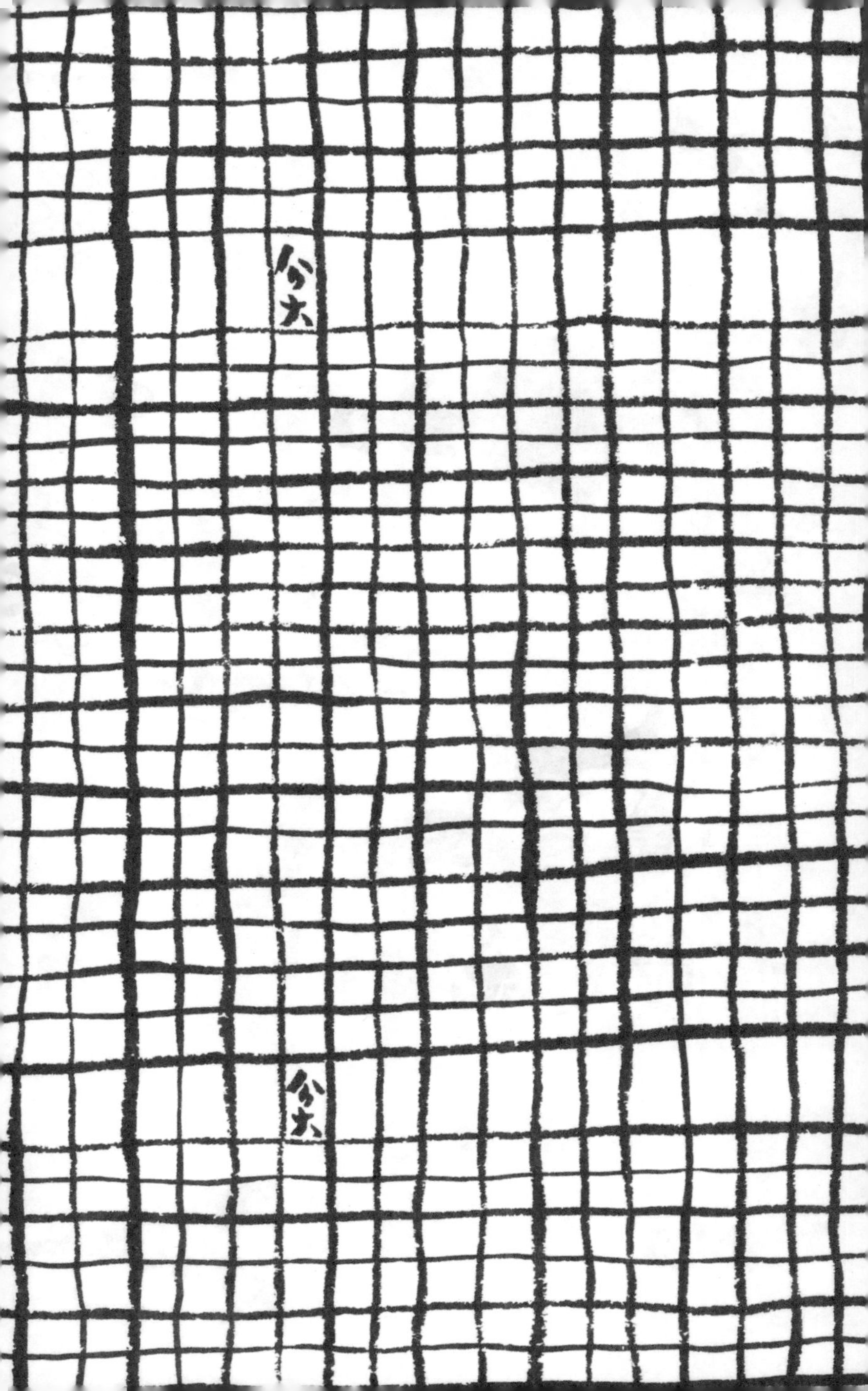

Ōmiya
Ōmiya
www.ohmiyayougashiten.co.jp/
近江屋洋菓子店
神田店
東京都千代田区神田淡路町2－4
03-3251-1088
本郷店
東京都文京区本郷4－1－7
03-3815-3006

京菓子
末富

青梅道
甲州道
大久保村
柏木村
宮益坂
穏田村
大木戸
青山殿
紀州
尾張殿
鶯もち
麻布 青野 総本舗
電話 03－3404－0020
http://www.azabu-aono.com/
竜土町
氷川神社
赤坂新町
豊川稲荷
四谷御門
市谷御門
赤坂御門
田町
神楽坂
築土八幡
牛込御門
日枝神社
九段坂
田安殿
清水殿
溜池
御城
霞ヶ関
虎ノ門
一橋殿
水道橋
総本舗
神田
駿河台
尾張町
芝口
日本橋
伝馬町
柳原町
八丁堀
西本願寺
鶯もち
麻布 青野 総本舗
電話 03－3404－0020
http://www.azabu-aono.com/

最中
一位
高山下一之町
えごまようかん
玄棗
林盛堂
高山

MATTERHORN
マッターホーン
MATTERHORN

和菓子
大吾
でんわ〈〇三〉
(五九四七)三八八〇

しらねあおい

富山市八尾町福島
TEL 076-454-2451

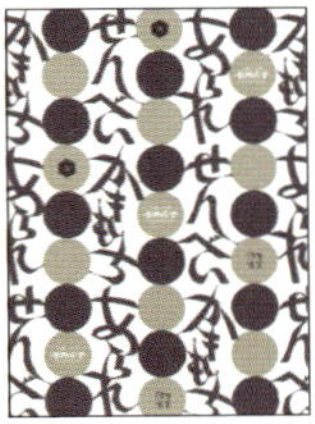

01
九段一口坂 SAKAGUCHI
（东京・千代田区）
设计：鸟居敬一

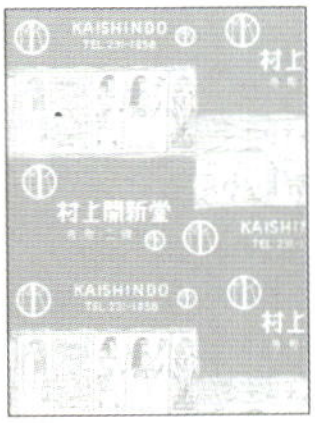

02
村上开新堂
（京都）
设计：村上开新堂

03
KOKESHI 屋
（东京・杉并区）
绘画：铃木信太郎

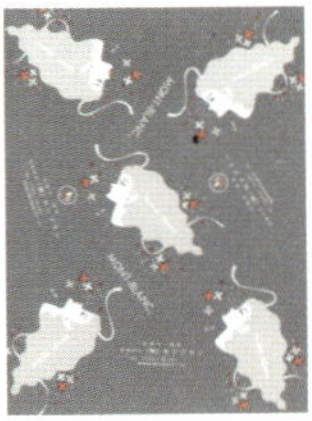

04
自由之丘 Mont Blanc
（东京・目黑区）
绘画：东乡青儿

05
银座千疋屋
（东京・中央区及其他）
设计：银座千疋屋

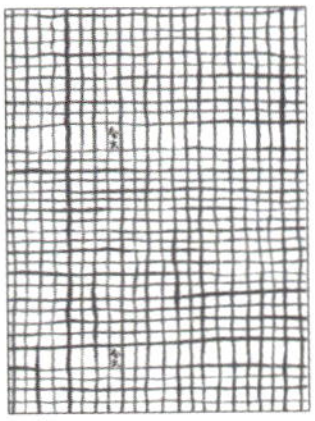

06
藤江屋分大
（兵库）
绘画：户田胜久

07
近江屋洋菓子店
（东京・千代田区、文京区）
绘画：室屋郁子

08
京果子司 末富
（京都及其他）
绘画：池田遥邨

09
青野总本铺
（东京・港区）
设计：青野总本铺

10
高山林盛堂
（富山）
绘画：吉田桂介

11
平安堂梅坪
（广岛）
设计：浜崎左发子

12
MATTERHORN
（东京・目黑区）
绘画：铃木信太郎

13
大吾
（东京・练马区）
设计：大草长二

14
六花亭
（北海道）
绘画：坂本直行

15
林盛堂本店
（富山）
绘画：吉田桂介

第四章　纸神大人与我

说到纸，不提起“书”总好像缺点什么。就在我苦恼书的范围实在太大不知从何入手时，我遇见了至今为止最喜爱的一书架书。从头到尾每一本我都很喜爱，其中不少我也有，但它还是令我精神一振。那架子书的主人是守先正先生（96 页）。

为了本书的采访，我去了守先正先生的事务所，和他面对面坐在会议桌旁，书架就在他的背后，这真是让我苦恼之极，因为一不留神我的心思就飘到对面书架上，目光追逐着书脊上的名字。

守先先生拿出了他“压箱底的书”——Tsutomu Toda* 装帧的《2 角形诗论》。这本书是诗人北园克卫 ** 较为少见的随笔集。我随手一翻，立刻被其中新奇的设计吸引了，用老土的说法就是，浑身像过了电一样。我都记不清多久没有过这种感觉了。

首先封面就很独特，用的是由两层牛皮纸黏合而成的防潮纸。这种纸张因为涂了沥青提高了防水防潮性能，所以像塑料一样，翻起来会哗啦作响，非常符合北园那极致前卫的

* Tsutomu Toda
1951 年生。作为平面设计师参与了大量书籍与杂志的设计。著作有《森之书物》（河出书房新社）、《黄昏记述》（平凡社）、《D-ZONE Editorial Design 1975—1999》（青土社）等。

** 北园克卫（Kitazono Katsue）
1902—1978。诗人，前卫艺术杂志《VOU》主办者。留有大量诗集及诗歌评论。同时作为《新世界的文学》（白水社）及早川推理小说文库的装帧设计师而为人所知。照片为《2 角形诗论》（北园克卫，LIBROPORT）。

诗人气质。书的内页就更有冲击性了。

正文用了两种纸，一种毛糙糙，一种滑溜溜。毛糙的名叫“印刷仙花纸”，是用废旧纸浆制造的低级印刷用纸，据说是用印刷厂和书籍装订工厂的裁纸边角料做的。乍一看像是漫画书用纸，但整体呈现出一种高雅的淡绿色。滑溜溜的纸张对开页上印着黄色、水蓝色和粉色的方形色块,闪着光亮。书里的标题都是“现代诗诸问题”“诗歌与俳句”这种风格的，一如北园的诗歌评论般艰涩，这时页面布满的色块令人顿感新鲜愉悦，充满了实验性的跃动感。整体设计中有一股强烈的、能激发人想象的力量。

更为有趣的是书的前半部和后半部各有一页令人精神一振的亮黄色纸张，厚实而柔软，手感极像毛毡。

“这是不织布*。”守先先生告诉我。

书的环衬与前扉使用的涂蜡加工，页码的标注方法，不留天头而左右边与地脚** 留出大量空白的排版方式，可以说每一种实验都非常酷，每一种实验都大获成功。卷末收录的北园克卫与杉浦康平及松冈正刚的三人座谈居然排成横向的三栏，要把书横过来像读四开小报那样看。

* 不织布

由纤维构成，严格来说不能算纸。《2 角形诗论》中似纸非纸的不织布插页给读者带去了新奇感。

** 天头、地脚

天头：书页上方空白处；地脚：书页下方空白处。——编注看着守先先生无比珍爱这本书的样子，我真是羡慕得不得了，采访结束后我花了整整一个半月在旧书店寻找这本书。当然，它早就绝版了，我只好又去二手书网站搜索，终于找到一本，居然要好几万日元！就连这唯一的一本，也在我惊惶犹豫的几日间迅速被人买走了，现在彻底找不到了。

对于这本书，我这个欠缺表达能力的人只能用“非常酷”这种词形容，而守先先生是这样表达的：

“这是一册集各种手感的纸为一体的实验书。毛糙的印刷仙花纸之后，它用一张黄色的不织布令读者心头一震，正文所用的另一种纸质地光滑，有一种令人牵肠挂肚的感觉。再加上涂蜡的环衬与前扉和防潮纸的封面，这本书不仅给我们带来视觉上的感受，更有指尖的触感。这样的书再也找不到第二本了。”

仙花纸的部分已经开始因日晒而变色，封面也已经开裂，露出了内侧的煤焦油涂层。“但这日渐颓朽的状态不也很美好吗？”他说。

資生堂
SHISEIDO

如前文所述，大约16年前，我曾经参与过资生堂公司历史与化妆品历史的整理出版工作。资生堂是日本最早设置企业文化部的公司，随着对这家公司历史的了解逐渐加深，近代商业设计的历史犹在眼前，将我深深吸引。

比亚兹莱、新艺术运动（Art Nouveau）、装饰艺术运动（Art Deco）、资生堂字体、文化基因（meme）。跃入眼帘的一个个词语都充满刺激，让人醍醐灌顶。我夜夜沉迷于那满满一大纸箱的资料，以致连续几天彻夜未眠，直至听到送早报的邮递员的摩托声。现在回想起来，我能如此认真地思考、学习日本商业美术，那是绝无仅有的一次。当时学到的很多知识和关键词，至今仍在我的工作中发挥作用。

其中让我特别入迷的，是兼具力度与变化的山名文夫*的线条，和堪称资生堂象征的资生堂字体。除了商标LOGO，没想到资生堂拥有从英文字母到日语假名，以及汉字的原创字体，这着实令人惊讶。因为活字印刷的字体中没有资生堂字体，所以当时每一个进入资生堂创意部（宣传・设计部前身）的员工，第一年都要成百上千次练习手

* 山名文夫（Yamana Ayao）
1897—1980。平面设计师、插画家。日本宣传美术协会第一代委员长。隶属资生堂创意部时期，以独特的风格开展广告插图设计工作，奠定了所谓“资生堂风格”的基础。作为设计运动的先驱，留下了新潮文库葡萄形图标、纪伊国屋书店的LOGO与购物袋、杂志《平凡》《宣传会议》的LOGO等数量庞大的作品。

写这些字体，但凡有一丝马虎就会被上司责骂。高贵优雅的资生堂字体就是这样手手相传至今的。当时在创意部进行书写指导的就是山名文夫。

优美而纤细的唐草纹与字母LOGO构成的美术字，唯美而略带妖艳的女性插画，至今仍让人觉得新鲜而充满魅力。强有力又变幻无常、纤若女子又充满个性的线条，体现出资生堂的企业形象。山名离开资生堂之后，作为日本宣传美术协会的委员长，仍不断为提高平面设计的社会地位而做着贡献。

他从一介插画家成为设计师。上世纪50年代，在山名的鼓舞下，日本诞生了一大批优秀的设计师。田中一光*就是其中之一。

当年我参与编书工作时，资生堂字体和山名先生绘制的线条让我为之倾倒。工作结束之后，作为助手的我也受邀参加了庆功宴，忝居末座。宴会结束时每个人都拿到一个纸袋，里面放着刚刚完成的书。书与纸袋的设计都是田中一光先生完成的。

纸袋图案以“人与自然、企业共生共栖的世界”为理念，田中先生按其个人的理解对山茶花进行了创意设计，纸袋使用了香草色有光泽的厚纸。这是田中先生刚刚创作出来的作品啊！拿到纸袋，

* 田中一光（Tanaka Ikko）
1930—2002。曾就职于LIGHT PUBLICITY、日本设计中心，于1963年创立田中一光设计室。参与创作了1964年东京奥运会设施标志与参加者徽章，担任过无印良品的艺术指导，设计过筑波世博会、共同石油公司、西武流通集团、LOFT等商标图案。230页照片中的纸袋是田中一光2000年制作的（作者所有）。

我几乎按捺不住自己激动的心情。

宴会结束后，我立刻将书本取出放入平时工作用的背包，把纸袋小心翼翼地叠好不让它多出一丝皱褶。为了不让它被挤压到，我在回家的电车上也一直把它抱在怀里。这个纸袋子简直就像一件艺术品。只要回溯日本商业美术的历史,就一定会遇到田中一光的名字，而他的作品现在就在我的怀里，这令我无比幸福。哪怕这个袋子纯白一片没有图案，我也会这么想。只要是田中先生选择的纸，对我来说就是宝贝。

不久之后，我听到了他的讣告，于是更不舍得使用这个纸袋子了。在那之后我数度搬迁，但那个纸袋子至今仍被我小心翼翼地珍藏着。

53

我在青山的“古书日月堂”书店对它一见倾心，买下了这本昭和初期有人使用过的室内隔扇纸样手册。

打开手册，只见波浪纹、松梅纹、唐狮子纹、凤凰唐草纹、云鹤纹、千鸟蝴蝶纹……虽说是往日旧物，但色彩鲜艳的各色花纹透出一种时尚流行感。可以想象当时推销员拿着这本手册去富裕人家挨家挨户推销的情景，有这么多选择一定会让人挑花眼吧，想来给室内隔扇糊纸也是一件很快乐的事情。

唐纸是用于裱糊日式房间室内隔扇的纸张，从室町时代开始就有专门制作唐纸的“唐纸师”。现在京都仍有一家闻名世界的老作坊，名叫“唐长”。唐长的千田坚吉先生在他的著作中写道，京都的唐纸工艺自创业以来，历经 350 年的悠长岁月都没有发生什么大的变化。洗练的色调与花纹一如往昔般风流雅致，制作工艺却极为简单，不像友禅染织法那样细致而复杂。

后半册中水蓝色和粉色的浅色系小花卉图案和原点图案令我不禁赞叹“好可爱！”菊花或樱花的小碎花、纯色线条格子或是双色相间的方格等，图案简单却极为美丽。据说唐

◆ 古书日月堂
东京都港区南青山 6-1-6 Palace 青山 205 号。

纸的花纹按照需求或行业偏好，大致可以分为宫廷御用、寺庙神社用、茶道人士用、武士家族用、商家店铺用等。我喜欢的图案中，商家店铺用的占压倒性多数。以前在京都寻觅古董和服时也是一样，我看上的纹样大多会被店主人评价说是商铺女孩喜欢的花纹。唐纸也好和服也罢，最吸引我的并非那些气质高贵的纹样，而是那些不装腔作势，充满温暖的柔美花纹。慢慢翻看纸样手册，我仿佛在与古人对话，时间倏忽即逝。

话说回来，这本纸样手册若只作为收藏闲置未免无趣，不如裁成一张张小卡片当名片用。隔扇纸原本就是用于生活享受的，我想把这份闲适之情分享给大家。

TRADE
MARK
Ichinose
TOKYO

我的第一张名片就是山樱公司*的作品，所以在我的印象中，名片制作公司就是山樱那种样子的。在我见到其董事长市濑与彦（Ichinose Tomohiko）先生之后，那种老店的印象越发强烈。市濑先生的上一代人于昭和六年（1931 年）在银座木挽町开设市濑商店。市濑先生开店之前在其叔父的店铺“市濑洋纸店”当伙计，在那里学会了很多与纸相关的工作。据说当时叔父的店铺领先潮流一步，想到了“光卖纸利润很少，做名片的话还能收取加工费”，因此生意极为兴隆。市濑先生的上一代从洋纸店独立之后，创立了市濑商店，之后曾更名为山樱名片市濑商店、山樱名片公司等，现在叫山樱公司。

据市濑先生所说，山樱公司的扩大与日本经济发展的步调惊人一致。“昭和三十年（1955 年）后是设计行业开始介入名片印制的时代。1964 年东京奥运会的召开令人们开始关注平面设计，各大公司纷纷开始设计自家的企业标识，名片设计也因此出现了特色文字、英文字母、横向排版等飞跃性的变化。”

* 山樱公司
最初名为市濑商店，1931 年创立于银座木挽町，主营名片、明信片、各种贺卡用纸张。现在更名为山樱公司，主要进行名片、信封等纸制品的制造。左页的照片是昭和初期的山樱名片盒。日语文字与西洋文字都十分柔和，整体设计给人一种祥和之感。

据市濑先生说，日本人之所以自古以来就喜欢交换名片，是因为害羞。

“外国人初见面不都是握手嘛。日本人不爱表现自我，就有效利用了名片这种工具。”

他认为好的名片用纸应该容易着墨，名片纸所用的白色必须令人感觉优雅，印好之后能令文字更为醒目，这一点至今没有变过。

人間國寶名刺

听说有种名片是用毕加索爱用的纸制作的，即“人间国宝”制造的和纸，50张3万日元。兴趣广泛的我被它勾起了好奇心，立刻查了一下，发现前文所说的山樱公司就销售过这种纸。制造和纸的主要原料源于楮树，根据产地的不同，性质也各不相同。据说栃木县的那须楮和高知县的土佐楮，纤维的粗细和光泽度就完全不同。从造纸业鼎盛的室町・镰仓时期开始，各产地的优秀造纸工匠只要透过光线看“纸目”*的纤维纹理，就能辨别出它是哪个产地哪位大师的作品。

福井县的越前第九代岩野市兵卫先生，制作和纸仍恪守传统的造纸技法，完全不使用化学药品或机械，纯手工完成楮皮纤维的杂质清洗过滤。他制成的和纸挺括，手感柔韧而具有弹性。作为版画用纸，哪怕经过300次印刷，纸张也不会伸缩，所以海外也有众多爱用人士。毕加索曾经订购的就是第八代市兵卫先生制作的和纸。

装在桐木盒子里的“人间国宝名片”另附一个漆器盒子，售价35640日元。我要是个有钱人，一定不会买宝石、名车，而要在这种物品上不惜血本。

* 纸目
纸张纤维通常按照一定的方向排列，这个方向在日本被称为“纸目”。容易折叠、撕开、卷曲的方向称为“顺目”，反之为“逆目”。

8
8
August 2016
août
agosto
agosto
August
Monday
Tuesday
Wednesday
Thursday
Friday
Saturday
Sunday
31st week
32nd week
33rd week
34th week
1 2 3 4 5 6 7
8 9 10 11 12 13 14
Mountain Day
15 16 17 18 19 20 21
22 23 24 25 26 27
29 30 31

20年来我一直使用固定样式的记事本。那是文具制造商MARK'S的产品。每周从周一开始排版，一页里可以看到整个月的日程。我的月刊工作是以月为单位来进行的，所以月历形式最合适我。

纸质较厚的这本记事本是A4大小，可以放入工作专用的包里。回家之后可以用磁贴贴在电脑旁边的墙上，反面可以记录采访对象的地址、电话等。

现在像谷歌日历、智能手机App之类用来管理日程的数码工具不胜枚举，但我没有兴趣使用。我总会害怕，觉得一旦输入手机就会被手机操控。现在这个时代，写稿、工作请求或委托，什么都用电脑完成，所以至少自己的日程要亲自用笔写下来，由自己来掌控。我不想忘记每次写下“截稿”或“设计完成”时那小小的紧张感。

一个月的日程尽收眼底的话，就能了解自己工作繁忙度的高低起伏。但是“空白”并非代表“空闲”，那是“写稿”的时间。记得我女儿上小学的时候，有一次她看着我在她出生前使用过的记事本，这样问道：

“妈妈，你那时候工作这么多呀。”

“是呀。从你很小的时候开始就一直是这样的。已经累死我了呢。”

“那你讨厌这个工作吗？”

“并不讨厌。”

“那就好了嘛。这就像存钱一样，可以有心灵积蓄呢。”

我忽然有种想哭的冲动，立刻把她的话记了下来。我的心灵真的能有如同记事本上的文字那么多的积蓄吗？

女儿的那句话，现在一定还留在某个月的月历背面。

后记

纸张，能带给人们褶皱、厚度等物理上的实际感受，而留在纸上的笔迹、墨水的晕染或擦痕，以及泪痕之类的感性之物，会令记忆与时间的累积成为可视之物。

我通过这本书，以及十年前出版的拙作《纸神》(白杨社)，追溯着我留在纸上的心灵记忆。每个人都有自己珍视的纸，通过一张不起眼的小小纸片，能够看到无可替代的珍贵情感与回忆。

我想把这些纸称为“纸神大人”，是因为纸上的内容不像数码载体上的可以瞬间改写或删除，若要给寄托于纸的种种思想起个名字，非“纸神大人”莫属吧。

“请给我看看您最喜爱的纸。”对于我这个没头没脑的要求，大家都爽快地回应了我。请允许我向大家表示衷心的感谢。

另外，借此后记，我还要感谢让我们通过照片感受到纸的呼吸的摄影师小林纪雄先生，负责本书装帧设计并给予我许多灵感的Hideyuki Saito先生，令宝物重现生命的编辑至田玲子女士，以及前一版《纸神》的编辑镰田玲子女士和装帧家横须贺拓先生。

原谅我在这里说一句个人的想法。十年前我的心底曾经有那么一丝不安与焦虑，担心纸质书会从世界上消失，但是走完这段拜访“纸神大人”的路后，我的心情非常平静，我在说“没问题，纸不会消失的”这句话时更有底气，更能够昂首挺胸了。

我们只要根据要传达的内容选择传播媒介就可以了。有些内容更符合纸张的特性，而有些可以更好地发挥数码的特长。

若是十年后我再一次踏上拜访“纸神大人”之路，那时候将会怎样呢？我想象着各位把新一版《纸神》拿在手里阅读的那一天。

2016 年初夏　大平一枝

参考文献

《IDEA》第 54、55、350 期（诚文堂新光社）

《有趣的纸张故事》，小宫英俊　著（日刊工业新闻社）

《书皮，要给您包上吗？》，出版 NEWS 社　编（出版 NEWS 社）

《纸张与设计》（竹尾）

《纸张的故事》，山本和　著（木耳社）

《唐长　京唐纸》，千田坚吉　监修（PIE BOOKS）

《DESIGN 季刊》第 14 期（太田出版）

《装帧列传》，臼田捷治　著（平凡社）

《田中一光自传　我们的设计时代》，田中一光　著（白水社）

《淡交别册 11 号　和纸》（淡交社）

《设计的现场》2005 年 10 月号（美术出版社）

《DESIGN NOTE》第 4 期（诚文堂新光社）

《共同辉煌》，弦间明　著（求龙堂）

《pen》2004 年 12 月号（阪急 COMMUNICATIONS）

《pen》2016 年 5 月号（CCC MEDIAHOUSE）

《大理石纹印染》，贵田庄　著（芳贺书店）

《魅惑的大理石纹纸张》，三浦永年　著（Atelier Miura）

《皆川明的旅途点滴》，皆川明　著（文化出版局）

《山名文夫诞辰百年纪念作品集》，资生堂企业文化部（求龙堂）

初出一览

米娜的标志

留在纸上的匠人痕迹

历经时间与光照的纸的魅力

“三八”

“醒”一个月的记事本

来自威尼斯制书工匠的礼物

宝丽来与软头笔

不忍拆开的包装

似衣是纸去剪裁

童话王国的标志

旅途小作品

有一天，在爸爸的书桌里

过于美丽的邮票令人疲惫

设计的原点

大阪世博会入场券

Landscape Products 的作品

DM 之美

牛奶瓶纸盖上“小耳朵”的秘密

不织布

再也不忍使用的纸袋

商铺女孩的花纹

代替握手

毕加索爱用的和纸

※ 均出自《纸神》，大平一枝著
（白杨社，2006 年）

◆ 本书用纸（竹尾）

护封	CPT–86.5–1T
内封	AR–200–1Y–FS*
环衬	NT –130–145
扉页 1、2 页	NT –100–145
扉页 3、4 页，正文 1—142 页，223—254 页	MSH–70–3Y–FS*
正文 143—206 页	TBL–65.5–1
正文 207—222 页	CPT–86.5–1T

文
景

Horizon

社科新知　文艺新潮

纸神

[日]大平一枝 著；小林纪雄 摄影

杨 玲 译

出 品 人：姚映然
策划编辑：卢 茗
责任编辑：卢 茗
营销编辑：王园青
版式设计：Hideyuki Saito 山 川
封面设计：山川制本workshop

出　　品：北京世纪文景文化传播有限责任公司
(北京朝阳区东土城路8号林达大厦A座4A 100013)
出版发行：上海人民出版社
印　　刷：北京盛通印刷股份有限公司
制　　版：山川制本workshop

开 本：788mm × 1091mm 1/32
印 张：8　字 数：106,000　插页：2
2020年6月第1版　2021年3月第2次印刷
定 价：88.00元
ISBN：978-7-208-16427-7/I · 1883

图书在版编目(CIP)数据

纸神 / (日) 大平一枝著；(日) 小林纪雄摄影；
杨玲译. -- 上海：上海人民出版社, 2020
ISBN 978-7-208-16427-7

Ⅰ. ①纸… Ⅱ. ①大… ②小… ③杨… Ⅲ. ①长篇小说－日本－现代 Ⅳ. ①I313.45

中国版本图书馆CIP数据核字(2020)第062067号